FRÉDÉRIC VITOUX
de l'Académie française

L'ASSIETTE DU CHAT

Un souvenir

BERNARD GRASSET
PARIS

ISBN 978-2-246-83306-2

À la mémoire de Zelda (2008-2021), la dernière, sans doute, des chats de ma vie, des chats au long cours de ma vie

Un jour, les huit ou dix nièces de Mme de Montcertin lui demandèrent ce que c'était que l'amour ; elle répondit :

« C'est une vilaine chose sale, dont on accuse quelquefois les femmes de chambre, et quand elles en sont convaincues, on les chasse. »

STENDHAL, *Souvenirs d'égotisme*

1.

L'assiette du chat

Voilà que ressurgit, du fond de mon enfance, ce simple énoncé qui avait des allures, entre mon frère, ma sœur et moi, de déclaration de guerre ou de reprise des hostilités : l'assiette du chat.

L'un de nous avait-il hérité de cette assiette, devant lui, pour le dessert, au hasard de la distribution des couverts, qu'il tentait aussitôt de la refiler aux autres… L'assiette du chat, quelle horreur ! Pouah ! Non, non, pour rien au monde !

Et tout recommençait.

Cette assiette comptait-elle vraiment ? J'ai du mal à m'en convaincre. Je crois qu'on s'en fichait, au fond. Elle ne nous faisait pas peur. C'était juste ces mots qui nous hérissaient : l'assiette du chat. Comme une marque d'infamie. La pauvre assiette, elle, ne nous dégoûtait pas vraiment. On jouait seulement à être dégoûtés. Un jeu de rôle.

Ils sont très dangereux, les jeux de rôle. On finit par y croire. On enfile un costume, un déguisement, j'allais dire un personnage. On y tient. On s'associe à lui – ou à son camp. Jusqu'à en être dupe. On entraîne aussi vite ses partenaires dans une inéluctable bataille.

Une observation m'a toujours amusé – ou attristé, selon mon humeur : les tournages de films, quand sont recrutées des centaines de figurants pour incarner, un ou deux jours durant, les soldats d'une armée, une foule avec ses bourgeois et ses ouvriers ou encore des prisonniers rassemblés dans un camp, sous la surveillance de gardiens… Eh bien, à la pause, au moment des repas, ces figurants à qui ont été confiées, de façon arbitraire, des tenues d'officiers ou de simples soldats, de notables ou de prolétaires, de bagnards ou de geôliers, se regroupent spontanément entre eux. Ah ! non, un lieutenant ne va tout de même pas fraterniser avec un trouffion, un notaire avec un charpentier, un repris de justice avec un représentant de l'ordre ! À chacun sa place ! À chacun son grade, sa classe ou son statut !

Mon frère, ma sœur et moi, nous jouions à être dégoûtés et nous finissions par être dégoûtés, même si l'on ne songeait pas tout à fait à s'entretuer pour cela. Après tout, il n'était question que d'une assiette. Et d'un chat.

Et encore !

Pour commencer, cette assiette n'était pas une assiette mais une soucoupe de faïence aux motifs décoratifs d'un bleu délavé, qui représentait, si ma mémoire ne me fait pas défaut, un moulin à vent près d'un chemin et d'un canal, un décor hollandais sans doute. Douteuse, elle l'était surtout dans ses liens avec le chat. On disait (mais qui était ce mystérieux « on », le premier à avoir lancé cette rumeur ?) que cette soucoupe pouvait avoir été celle où le chat, dans l'enfance de mon père, lapait le lait qu'on lui donnait dans la cuisine. Mais c'était en un temps si lointain, quand les hommes s'entretuaient dans les tranchées de la Grande Guerre, notre préhistoire, en somme !

Quant au chat, parlons-en !

Il s'agissait d'une chatte que notre grand-père, le docteur Vitoux, avait dénommée Fagonette, en hommage à Fagon, le premier médecin du roi Louis XIV. Notre père avait alors six ou huit ans. À peine s'en souvenait-il.

Le docteur Vitoux soupçonna-t-il un jour que son fils qui souffrait d'asthme chronique pouvait être allergique aux poils de chat (en vérité à la salive des chats dont leurs poils sont imprégnés), et que ses crises d'étouffement trouvaient là leur origine ? Avait-il fait état de cette crainte devant son épouse ?

Celle-ci aurait tout sacrifié pour le bien-être de son fils chéri, de son fils unique. Aussitôt sa décision fut prise. Tout était dit – et jugé. Le chat du docteur Vitoux devait être banni de la maison.

Je peux imaginer que ma grand-mère profita d'une absence de son époux pour se débarrasser de l'animal.

Le docteur Vitoux, qui avait dépassé les cinquante ans, n'était pas en âge d'être mobilisé. Du coup, il s'était porté volontaire pour de nombreuses missions médicales, auprès de l'armée française. Un temps, il fut affecté à un hôpital militaire proche de Château-Thierry. Les occasions ne manquaient donc pas pour sa femme de perpétrer ses mauvais coups, en toute impunité. Elle était seule, désormais, aux commandes de l'appartement.

Une chose est sûre, Fagonette ne s'éternisa pas quai d'Anjou.

J'ose espérer pourtant que ma grand-mère lui ménagea une nouvelle maison d'accueil. À moins que cette chatte n'eût à ce moment précis la sage idée de mourir de sa belle mort, quai d'Anjou (pour autant qu'une mort soit jamais belle), asthme de mon père ou pas. Dans le doute, non, je m'en voudrais, après tant d'années, de porter contre elle, Henriette Vitoux, des accusations trop graves.

De toute façon, aucun chat ne succéda jamais à Fagonette, tant que mes grands-parents vécurent quai d'Anjou, jusqu'à leurs morts en 1933, à quelques semaines d'intervalle.

Et j'observe en passant que l'asthme de leur fils persista bien après la disparition du chat.

Quel crédit attribuer donc à cette fameuse soucoupe ?

Avait-elle vraiment été destinée à la demoiselle Fagonette ? Il aurait été imprudent de le certifier. Mais nous étions jeunes. Autrement dit, nous étions imprudents. Et tout disposés à donner crédit aux racontars ou aux souvenirs les plus vagues. À nos yeux, cette assiette avait appartenu au chat, cela ne faisait pas un pli. Trop contents de trouver là un sujet d'affrontement.

Cette assiette – ou cette soucoupe –, on se la disputait donc comme des chats affamés une platée de nourriture. À une nuance près, et de taille. Des chats affamés savent pourquoi ils s'affrontent. Pour manger, pour survivre. Nous, nous ne le savions pas. Nous n'étions pas affamés. Nous ne voulions pas de l'assiette du chat, quel que fût son contenu.

Ma mère tentait de nous raisonner, comme si la raison, dans cette affaire, était de mise. Elle s'exténuait à nous répéter que cela était ridicule, chat ou pas chat, que cette assiette avait été lavée des centaines, des milliers de fois, depuis des décennies et des décennies.

Ma mère, elle non plus, n'avait jamais connu de chat, quai d'Anjou. Mais nous imaginions la présence de Fagonette. Toute la différence était là. Ma mère n'était pas imaginative.

— Eh bien, tu n'as qu'à la prendre, toi !

Elle haussait les épaules.

Mon père soupirait et ne disait rien.

Encore une fois, il ne s'agissait pour nous que d'une posture. D'un jeu. Mais dans un jeu, personne ne veut céder. On s'arc-boute à ses principes. Les principes, c'est fait pour ça. Pour s'y arc-bouter. Pour ne pas capituler. Jamais. Les principes, c'est ce qui vous interdit de transiger. Ce qui vous mène tout droit aux dernières extrémités. Les principes, c'est pour les va-t-en-guerre. Ou les enfants. En un mot, les irresponsables.

Je ne me souviens plus au juste comment l'affaire se concluait. Si l'un de nous trois cédait. Ma sœur peut-être, que nos affrontements cessaient la première d'amuser. Ou alors ma mère, excédée, qui s'emparait de l'assiette.

Mon père soupirait. Il souriait peut-être au fond de lui-même. Il devinait que nous ne prenions pas tout cela au sérieux.

Cette assiette du chat le renvoyait vers son enfance, lui le fils unique que l'éducation et l'affection de sa mère avaient étouffé, lui qui avait été tenu à l'écart de son père qu'il admirait de loin, sans avoir jamais su comment le lui dire. Mais, de son enfance, il répugnait à parler.

*

Nous n'avions pas été élevés dans la haine des chats, le dégoût des chats ou la peur des chats. Ils nous étaient simplement étrangers. Rien de plus.

On croisait leur route, dans l'île Saint-Louis, on les apercevait, indolents, au fond des cours, près des loges de concierge. C'était encore un temps où les portes cochères restaient ouvertes dans la journée, où les funestes digicodes n'avaient pas été inventés, où les habitants ne se barricadaient pas dans leurs logements, où les chats déambulaient le long des quais, à l'ombre des peupliers-trembles, avant de rentrer chez eux, dans les cours ombragées des immeubles, avec la même placidité ou le même sentiment paisible de l'éternité du présent.

En vérité, non, ces chats, on ne les regardait pas. Pour nous, ils faisaient partie du décor, rien de plus. Comme les barques des pêcheurs le long des rives, les pigeons sur les parapets ou les clochards sous le pont Sully ou le pont Marie. On les ignorait. Ils nous le rendaient bien. Pourquoi aurions-nous été dégoûtés par eux ? Pour que naisse le dégoût, il faut au préalable qu'un contact ait été établi, une proximité qui puisse engendrer ensuite un rejet. Nous n'en étions pas là. Les chats demeuraient des abstractions.

Nous étions jeunes. J'étais jeune. Privé de la moindre compassion ou de la moindre curiosité pour tenter de me mettre à la place des autres. Les chats, pour moi, étaient dépourvus de toute réalité organique. Ils n'étaient que des apparences ou des idées de chats. Comme les clochards étaient des idées de clochards, les pigeons des idées de pigeons. Ils ne s'incarnaient pas, ne se singularisaient pas en présences vivantes, uniques – et parfois souffrantes.

En bref, j'ai été élevé dans un désert de chat, comme de tout autre animal domestique. Il ne serait jamais venu à l'idée de mes parents d'en adopter un.

Il m'a fallu du temps pour mesurer là ce que j'avais perdu.

Notre père aurait eu seul des raisons de se méfier d'eux, si toutefois l'infortunée Fagonette avait eu sa part de responsabilité dans les crises d'asthme qui l'avaient affecté, dans son enfance. Mais ses crises d'asthme, c'était une vieille histoire. Fagonette, c'était une vieille histoire. Mon père ne souffrait plus d'asthme. Tout était oublié – ou presque. À jamais, espérait-il.

En vérité, il se trompait et il ne le savait pas encore. Dans les derniers temps de sa vie, alors que les atteintes de la maladie d'Alzheimer l'éloignaient chaque jour davantage de nous et du quai d'Anjou où il continuait pourtant de vivre, il fut de nouveau victime de crises aiguës d'étouffement – des crises qui entraînèrent sa mort, en 1995.

À aucun moment, dans notre enfance, nous n'avons manifesté le désir de partager notre vie avec un chat – ou un chien, un hamster, un poisson rouge, un lapin, un perroquet. Mes meilleurs amis ne vivaient pas non plus en compagnie d'animaux. Sinon, ils m'auraient donné l'exemple. J'aurais voulu les imiter. L'enfance, c'est l'âge de l'imitation. L'assiette du chat n'était qu'un prétexte. Pour nous disputer. Ou forger une belliqueuse complicité entre nous.

Un seul contre-exemple me vient à l'esprit : deux frères qui étaient mes camarades de l'école

Massillon, en classe de sixième ou cinquième, et que je retrouvais dans la même troupe de scouts.

Leur prestige tenait pour une part aux deux grands chiens de berger, des malinois je crois, qui partageaient leur vie. Lors de nos sorties dominicales, dans la forêt de Sénart ou la forêt de Fontainebleau, leurs parents parfois nous rejoignaient avec les animaux.

Je pense à cet après-midi où, en guise d'épreuve d'orientation, chaque patrouille lâchée à un coin différent de la forêt devait converger vers le point unique de rassemblement. Et les chiens s'élançaient d'un frère ou d'une patrouille à l'autre, comme des éclaireurs, pour porter des messages. Ils n'avaient pas de peine à se repérer, à nous retrouver, eux, sans le secours de boussoles !

Ces chiens, pour moi, c'était l'étrangeté, l'audace, le flair, la liberté du monde animal. Ces chiens, je les observais, je les détaillais, je les admirais comme j'admirais ceux auprès desquels ils vivaient : les deux frères et leurs parents qui étaient jeunes et sportifs, qui nous retrouvaient dans la forêt de Sénart ou la forêt de Fontainebleau pour fraterniser avec les scouts et leurs dirigeants – et peut-être me rendais-je compte alors confusément que mes parents, eux, étaient déjà vieux.

J'avais surtout le sentiment que vivre avec des chiens de cette race était réservé à des individus hors du commun, nimbés d'un prestige qui n'était pas pour moi, ni pour ma famille, mais dont seuls pouvaient se prévaloir ceux qui avaient pour eux le goût de l'aventure, du risque, une forme de connivence avec le règne animal, tout ce à quoi mon père et ma mère demeuraient étrangers ou pis, indifférents.

Le scoutisme aurait pu développer en moi le goût et la découverte de la nature. Il n'en fut rien. Sans doute parce que je n'ai jamais été un louveteau ni un scout très fervent. Mon goût de la solitude n'y trouvait pas son compte.

Mes parents, auparavant, avait poussé mon frère aîné à s'y inscrire. Il avait refusé net. Coucher sous la tente, entreprendre des marches à la boussole en pleine nature, il ne voulait pas en entendre parler. Il était si peu sportif !

Je l'étais davantage. Je pratiquais déjà l'escrime, disputais mes premières compétitions au fleuret et à l'épée. Un peu plus tard, je prendrais aussi une licence de rugby comme minime, cadet et junior au Paris Université Club…

Mes parents reportèrent donc sur moi leurs espoirs. Surtout mon père.

Scout, il aurait tant voulu l'être dans son enfance, lui l'enfant unique, l'enfant choyé par sa mère et qui aurait pu ainsi échapper, pour un temps, à sa tutelle. Sans doute devinais-je confusément le prix qu'il attachait à cela, à cette liberté qui m'était offerte, à ce qui aurait fait sa joie, une forme de *rattrapage* pour lui. À quoi bon le décevoir ?

Je n'ai donc rien dit. J'ai attendu que cela passe. Le scoutisme m'ennuya. Je n'y ai pas été malheureux. Pas très heureux non plus. Les trois longues semaines des camps d'été, en juillet, j'avais hâte dès le premier jour qu'elles s'achèvent. Je ne voyais pas cela du tout comme une liberté… Et je n'ai pas le souvenir non plus de m'être approché alors du moindre animal sauvage, même si, la nuit, sous la tente, j'entendais le hululement des chouettes ou le vrombissement des moustiques qui faisaient de moi une proie privilégiée.

Les animaux, la nature ou la forêt impénétrable restaient du domaine de la seule littérature – et la littérature, elle, c'était la liberté. Kipling et son *Livre de la jungle* nourrissaient l'imaginaire ou la mythologie des louveteaux : Bagheera la panthère noire, l'ours Baloo, le seul avec qui j'aurais aimé fraterniser, Akela le loup ou Shere Khan le tigre royal… Mes chances hélas étaient réduites de les croiser, eux ou leurs frères, sur les sentiers de la forêt de Sénart ou de la forêt de Fontainebleau.

Pour la vie sauvage, j'avais aussi le zoo du bois de Vincennes ou, plus proches de l'île Saint-Louis, les ménageries du Jardin des Plantes où quelques malheureux tigres allaient et venaient dans leurs cages trop exiguës. Ce qui m'affligeait mais m'instruisait aussi. Une modeste ouverture sur la vie, l'étrangeté de la vie – tout ce qui s'opposait à la quiétude familiale dont les animaux étaient à jamais bannis.

L'assiette du chat, était-ce une manière indirecte pour mon frère, ma sœur et moi, le « petit dernier », de réclamer un chat, puisque nous avions déjà son assiette et que nous refusions qu'elle nous fût destinée ?

Un chat, autrement dit, pour participer à une forme d'ouverture vers l'inconnu, pour être confrontés à des vies insaisissables, verrouillées sur leurs mystères, loin de *l'ordinaire* de nos existences ?

J'aimerais me convaincre de la raison cachée de notre manège, mais je n'y crois pas trop.

2.

Loin de ce ballet d'ombres

Cette assiette du chat méritait-elle que je fasse l'effort de la rappeler à moi ?

Et qu'est-ce que je suis parvenu à retrouver, alors qu'il ne me reste que des images imprécises, des réminiscences de disputes dont je ne parviens plus à saisir les éclats, le timbre de voix des protagonistes ?

L'enfant que j'étais, je ne sais pas non plus qui il était. Il ne m'appartient plus. J'avais six ans en 1950, ma sœur Isabelle neuf et mon frère Philippe treize. Je ne les revois plus. Et mes parents aussi se sont perdus. Je ne peux que les réinventer. Ma mère surtout qui tentait de rétablir un peu d'ordre, de silence et de paix autour de la table.

Ils tournoient, nous tournoyons tous dans l'épaisseur sans recours ou sans retour de l'oubli. Je crois percevoir parfois un geste, une attitude, une exclamation, des fragments privés de toute unité, de rares pièces qui subsistent d'un puzzle disparu, restées fixées dans les sinuosités incompréhensibles de mes neurones. Ils ne me permettent certainement pas de reconstituer quoi que ce soit, de rien raconter, aucune continuité, comme si ces pièces ne pouvaient plus s'encastrer les unes dans les autres.

Mon père, cela me frappe soudain, semble se retirer de ce ballet d'ombres. Il n'est même plus une ombre. Même plus un timbre de voix. Je sais qu'il est là, à table, avec nous. Je sais qu'il intervient de temps à autre dans la conversation. Mais jamais à propos de l'assiette du chat.

Peut-être en d'autres occasions. Quand on joue au « jeu de Tintin » par exemple, où il affiche alors une bonne humeur qui ne lui est pas habituelle.

La règle en était simple.

L'un d'entre nous avance-t-il une réplique tirée de l'un des albums d'Hergé, et ce sera au plus rapide ou au plus érudit, autour de la table, d'en trouver le titre et de remporter le point. C'est alors au vainqueur de prendre la main et de nous proposer sa citation.

Avec ma mère, c'était facile. Elle n'avait lu ou retenu que *Le Sceptre d'Ottokar*. On était sûr de ne pas se tromper. Et c'est à qui se précipiterait pour clamer la bonne réponse avant même que la pauvre ait fini de prononcer sa phrase.

On éclatait de rire.

Mais à propos de l'assiette du chat, non, rien à faire, mon père demeure silencieux. Il est là, indifférent à nos criailleries. Pourtant, bon sang, lui seul aurait eu quelque chose à dire à son sujet. Lui seul aurait pu mettre fin à la dispute, s'il l'avait voulu. Lui seul aurait pu nous dire que cette fichue soucoupe avait ou n'avait pas été celle de Fagonette. Lui seul avait connu et côtoyé la chatte que chérissait son père…

À l'évidence, ce retour vers son enfance, il ne voulait pas l'accomplir, il demeurait taciturne et je ne crois pas (je m'en étonne, à l'heure où j'écris ces lignes) que nous ayons jamais tenté alors de le faire parler, jamais insisté pour lui arracher le moindre témoignage qui aurait mis un point final à nos disputes.

Certes, dans mon enfance, mon adolescence, et surtout à l'âge adulte, j'ai parlé à mon père, je me suis même beaucoup entretenu avec lui. Mais il s'agissait de paroles qui ne nous engageaient pas, qui n'avaient rien à voir avec des confidences ou des aveux.

Nous discutions l'un et l'autre des livres que nous lisions, des films que nous avions aimés, des matches du tournoi des Cinq Nations que nous suivions ensemble à la télévision, chez des amis qui possédaient un poste.

Je me souviens aussi qu'il se penchait, de temps à autre, sur mes devoirs d'écolier. Quand je suis entré en sixième et ai commencé l'étude du latin, par exemple. Il tenta alors de m'aider, de me faire répéter mes déclinaisons latines. Mais cela n'eut qu'un temps. Il s'en fatigua vite. Quel était le génitif pluriel d'omelletus, le mot latin fantaisiste pour omelette ? me demandait-il. Omelletorum bien sûr !

Cette blague était vieille comme le monde. Je ne la connaissais pas encore. Disons que cette blague était vieille comme mon père qui semblait, le plus souvent, si secret, si éloigné de moi, si inaccessible dans la forteresse de ses émotions.

Non, il n'était pas muet. Il parlait de choses et d'autres. Ou des uns et des autres. Mais avec distraction. Comme s'il restait étranger à ce bruit de fond des paroles pour ne rien dire. Ce qui le concernait, en revanche, il n'en faisait pas état. Il le gardait pour lui, il le verrouillait en lui. On n'aurait pas pu le comprendre. À quoi bon ? Mon père était vieux comme le monde ou incompréhensible comme le monde.

Parfois il bougonnait, il tempêtait. Ou bien il éructait comme un volcan dont la croûte pierreuse cède sous la pression de forces telluriques. Mais, de ces forces, on ne prenait jamais la vraie mesure, on ne soupçonnait pas la vraie profondeur, le magma des regrets, le bouillonnement des erreurs commises ou des occasions manquées qu'il ne se pardonnait pas. La politique le mettait dans tous ses états. Sa haine du communisme. Ou du général de Gaulle.

Je ne me demandais pas une seconde s'il avait raison ou tort. Je le laissais dire. Nous le laissions dire. Comme s'il s'agissait d'une poussée de fièvre. D'un symptôme. Ses colères étaient un fait, une donnée clinique, un bulletin météorologique ou sismographique de ses humeurs. Comme lorsqu'il pleut ou qu'il neige. La pluie ou la neige n'ont pas raison ou tort. Elles sont là, c'est tout. Les éruptions du Vésuve ou de l'Etna, on les observe, on les analyse, à la rigueur les vulcanologues les annoncent quelques heures à l'avance, rien de plus. On n'argumente pas contre elles. Mon père tempêtait contre de Gaulle ou les communistes. Il avait les yeux bleu pâle, comme délavés par trop d'épreuves ou de soucis. Je me souviens de ses yeux comme de ses colères. Elles ne nous faisaient pas peur. Il n'y avait rien à ajouter, rien à commenter.

Seule ma mère l'écoutait avec attention. Elle l'approuvait par principe. Sans doute pensait-elle qu'il avait raison. Elle hochait la tête. Comme si elle lui appliquait un baume sur une partie malade de son corps, pour l'apaiser, adoucir son irritation (et je prends la pleine mesure de ce mot d'irritation qui désigne aussi bien un mouvement de l'esprit qu'une inflammation du corps).

Mon père était un homme irrité, dans tous les sens du terme.

*

Il fut par ailleurs pour moi le meilleur des pères. Mais cette affection qu'il éprouva pour moi, comme les espoirs qu'il voulut mettre en moi, je les ai ressentis longtemps comme un fardeau dont j'ai eu du mal à me défaire.

C'est que les espoirs comme les affections, les espérances ou, pis encore, les attentes de vos parents à votre égard vous alourdissent d'une charge avec laquelle il est difficile, parfois, de vivre ou de grandir.

On les reçoit et puis on en est accablé. Impossible, croit-on, de s'en défaire. On doit en être digne. Je ne pouvais décevoir mon père, tromper ses espoirs comme ses tendresses pudiques. Tout ce qu'il espérait me voir accomplir pour lui. Tout ce dont je n'avais que faire, au fond de moi, et que je n'osais lui dire.

Enfant, adolescent, je ne comprenais pas, ou plutôt je ne savais pas encore que tout cela venait de loin, pour lui, de sa propre jeunesse, de ses manques, de ses déceptions, des incompréhensions, voire des tensions, des affrontements plus ou moins feutrés qui régnaient entre ses parents, et dont il ne parlait jamais, peut-être parce qu'il n'avait pas les mots pour les dire, qu'il n'avait pas la juste compréhension de ce dont il avait été le témoin.

Il aurait tant désiré que je sois officier de marine parce qu'il en rêvait et que son père s'était opposé à son rêve, son père qui, depuis l'affaire Dreyfus, avait le plus parfait mépris pour les militaires et les magistrats, des incapables et des canailles ! Cela, il me le confia par la suite. Mais trop tard sans doute, puisque je n'étais plus le garçon qui avait déployé tant d'efforts pour porter ses espérances ou mériter son affection.

Après Massillon, je poursuivis mes études secondaires dans une section scientifique, comme il l'espérait, au lycée Charlemagne. Très tôt, avant mon baccalauréat, il m'inscrivit au lycée de Brest pour une année préparatoire à l'École navale. Je le laissai faire. Consciemment ou non, je m'arrangeai cette année-là pour rater mon bac math-élem. L'année d'après, il ne fut plus question de Brest ni de l'École navale. J'intégrai (pour peu de temps) une classe de Mathématiques supérieures, toujours au lycée Charlemagne…

*

J'avais eu tort, en vérité, de croire que le scoutisme ou l'École navale, tout ce dont mon père avait rêvé autrefois pour lui-même, était à ses yeux d'une telle importance.

Chercher à influencer son fils cadet, il n'en avait plus la force. À moins qu'il n'ait trop souffert de la mainmise de ses parents, de sa mère surtout, sur lui, dans sa jeunesse, pour vouloir exercer à son tour la moindre contrainte sur ses enfants.

Pour peser sur quelqu'un, il faut y consacrer des efforts, faire preuve d'espérance. Il était bien trop désabusé, trop revenu de tout pour s'engager dans une telle entreprise, pour contribuer à m'éduquer comme il aurait voulu l'être. Il ne voulait me charger d'aucun fardeau. Ses désirs ne devaient que m'effleurer, rien de plus.

J'ai longtemps méconnu cette délicatesse. Ou cette forme de découragement qui l'étreignait, comme s'il n'avait plus la force d'espérer quoi que ce soit, pour lui ou pour les autres. Mais peut-être aussi que cet effleurement avait pour moi des allures d'injonction. Je pressentais qu'il n'insisterait jamais pour que je pense ceci, que j'agisse comme cela. Raison de plus, à mes yeux, pour le satisfaire.

Dans les faits, en vérité, il me laissa toujours choisir ma voie.

Oui, j'aurais dû comprendre cela beaucoup plus tôt, alors qu'il me répétait cette phrase dont j'ai mis du temps à percevoir la mélancolie :

— Comme tu te serais bien entendu avec ton grand-père !

Quand je me détachai peu à peu, adolescent, de la religion catholique dans laquelle j'avais été élevé, il resta silencieux, il ne fit rien pour me retenir, il ne m'adressa aucune observation. Peut-être pensait-il qu'un jour je reviendrais vers ces fidélités spirituelles de mon enfance. Il n'avait pas tort.

Il me laissa libre de mes amitiés, de mes orientations, de mes engagements ou de mes curiosités.

Étudiant, je me rapprochai d'amis dont le militantisme politique en faveur de l'Algérie algérienne s'opposait du tout au tout à ce qu'il croyait.

Bientôt, il me vit rallier, vers le milieu des années 60, une revue de cinéma, *Positif*, où se retrouvaient alors des cinéphiles trotskystes, des révolutionnaires marxistes (une jeune collaboratrice de *Positif* venait d'être tuée en Bolivie dans les maquis révolutionnaires de Che Guevera), la dernière génération des surréalistes qui s'efforçaient de rejouer les imprécations, les excommunications ou les provocations de leurs aînés, un demi-siècle plus tôt, sans oublier d'anciens signataires du manifeste des 121 qui avait appelé à l'insubordination du contingent en Algérie. Mais, à mes yeux, les rédacteurs de *Positif* aimaient surtout les films de King Vidor, John Huston, Luis Buñuel, Richard Brooks ou Jerry Lewis, et c'était l'essentiel.

Un peu plus tard, je rejoignis la rédaction du *Nouvel Observateur*.

Il ne songea jamais à discuter de cela avec moi.

De mon côté, je le laissais à ses idées fixes, son antigaullisme et son anticommunisme obsessionnels. Ce qui ne nous empêchait pas de partager tant de choses et de nous aimer, lui et moi.

— Comme tu te serais bien entendu avec ton grand-père !

Il disait ton grand-père, pour mieux s'assurer du lien entre celui-ci et moi, et pourtant rien ne m'attachait à cet homme d'autrefois, aucune tendresse, aucun souvenir, aucune rencontre ni aucune parole échangée, rien qui nous aurait associés physiquement l'un à l'autre.

Mon grand-père n'était guère qu'un fantôme dans notre appartement du quai d'Anjou qu'il avait été le premier à habiter en 1906, au moment de son mariage, et que seuls rendaient palpable les livres de notre bibliothèque, ses meubles, les restes de ses collections, quelques photos.

Ton grand-père, mon grand-père…

En aucune façon ces possessifs ne se justifiaient.

Le docteur Georges Vitoux était le père de mon père. Je ne pouvais m'approprier un homme que je n'avais pas connu, qui ne soupçonnerait pas davantage que je viendrais au monde, onze après sa mort, moi et pas un autre.

Nous étions les membres d'une même lignée, c'est entendu. D'un seul arbre généalogique. Et alors ? Il n'avait pu me tendre la main pour que je grimpe jusqu'à lui, que je le retrouve un moment sur sa branche, qu'il me fasse partager son point de vue – ce qui est souvent la mission des grands-parents. Il avait disparu trop longtemps avant ma naissance.

Mais mon père ne parvenait pas à dire pour autant : tu te serais bien entendu avec mon père. La raison en était simple. Le docteur Vitoux avait été si peu un père pour lui. Il lui était demeuré étranger. Une présence autoritaire, affectueuse peut-être, mais repoussée à l'écart de sa vie, de son éducation.

Il ne s'en consolait pas.

Pour s'entendre avec quelqu'un, il faut commencer d'abord par se parler. Ils se parlaient si peu. Sa mère le tenait à l'écart de son père et de son influence. Voilà ce que je compris assez vite. Voilà ce qu'il me laissa deviner dans ses rares confidences. Sans insister, sans se plaindre.

Je repense soudain aux blessures ou aux écorchures que je me faisais aux genoux ou aux bras, et plus souvent qu'à mon tour, moi qui, enfant, étais plutôt du genre diable, à courir, sauter, braver les obstacles, trébucher et m'étaler partout. Mon père appliquait sur mes plaies une redoutable poudre antiseptique blanche, au nom aussi barbare que son emploi : *l'exoseptoplix*. Elle collait à la peau. Elle collait au pansement. Et quand il fallait le changer, tout s'arrachait avec le tissu, la poudre durcie comme la croûte de sang, si bien que l'écorchure redevenait à vif. Avec la douleur en prime.

Je commençais à geindre avant le début de l'intervention. Mon père m'intimait l'ordre de rester tranquille. Un homme ne doit pas se plaindre. Jamais. Voilà ce que son père, le docteur Vitoux, lui disait, quand il le soignait, me confiait-il. Et ce fut l'une de ses rares confidences à son endroit, tant il avait eu peu d'occasions de l'approcher, de recueillir ses leçons.

Mon père et moi évitions d'aborder les sujets qui nous tenaient à cœur, qui nous dévoilaient, qui nous opposaient. Nous étions aussi pudiques l'un que l'autre. Mais nous avions confiance l'un dans l'autre. Et je compris que s'il me poussait en quelque sorte vers son père, vers ce grand-père introuvable, c'était pour rattraper et corriger ce qui n'avait pas eu lieu dans sa propre enfance, dans ses années d'éducation, comme s'il voulait me voir, faute d'être proche de lui, du moins en connivence avec son père, et, comme lui, passionné de tout, entouré d'écrivains, de journalistes, anticlérical ou athée sans doute, de gauche pour parler vite mais attentif à toutes les opinions, à tous les engagements, alors que lui, pendant ce temps, s'était calcifié dans ses idées fixes ou ses haines résumées à un interminable ressassement.

*

Paradoxalement, la grande leçon que je dois à mon père, que j'ai retenue de lui, à son corps ou à son esprit défendant, c'est de m'avoir dégoûté pour la vie des engagements militants, des certitudes politiques qui vous mobilisent dans l'attente impatiente des lendemains qui chantent.

Systématiquement, sa vie durant, mon père a fait fausse route, avec un aveuglement qui me laisse pantois. Il n'a rien compris à ce qui se jouait autour de lui : l'atroce réalité du nazisme, la déportation et l'holocauste des Juifs, l'occupation hitlérienne de la France qui ne fut rien d'autre qu'une exploitation du pays conquis et certainement pas une alliance entre le vainqueur et le vaincu en faveur d'une nouvelle

Europe, le mouvement inéluctable de la décolonisation, etc.

Nombre de mes amis, eux aussi, se sont longtemps laissé aveugler par leurs espérances communistes, maoïstes et j'en passe, dont ils finirent par mesurer un peu tard les impasses et, pour les plus honnêtes d'entre eux, les crimes, mais leur militantisme, par bonheur pour eux, n'eut pas de conséquences fâcheuses. Ils restèrent irresponsables. Et Paris à des milliers de kilomètres de Moscou ou de Pékin. L'Histoire, le tragique de l'Histoire ne les avait pas rattrapés.

Jeune étudiant, je me suis approché avec une bienveillance plus curieuse que convaincue des soubresauts de Mai 68 et me suis glissé à la Sorbonne au cœur de plusieurs réunions aussi effervescentes que péremptoires. Mais non, rien à faire, je n'ai jamais pu voir sous les pavés la plage. Sans doute parce que j'avais compris, grâce à mon père ou contre mon père, cela revient au même, que la politique n'était pas une affaire de passion mais de prudence, de fanatisme mais de pragmatisme, et devait surtout se réduire à la recherche peu exaltante du moindre mal.

D'instinct, je me suis tenu à l'écart des tribuns qui vous font miroiter des mondes meilleurs alors qu'ils vous préparent des enfers assurés. J'ai refusé que la politique accapare la totalité de ma vie – et, surtout, de mes idéaux et de mes ferveurs. J'ai pris en haine toutes les formes de totalitarisme. Malheur aux politiciens qui vous transportent ! Je préfère rester à ma place. Dans une élection, j'ai tendance à choisir le candidat le plus ennuyeux, qui croit au progrès social, économique ou écologique sans doute, mais qui a, si j'ose dire, le progrès modeste. Celui qui renonce à vous enchanter, vous faire rêver et donc vous mentir.

Mon père, en bref, renonça très vite à faire de moi son double rêvé, officier de marine en quête d'héroïsme, d'honneur et de grands espaces.

Avec douceur, sans le braquer, je tâtonnai bientôt à la recherche de ce que j'aimerais faire plus tard. Et il me laissa tâtonner, tant j'ai aimé les chemins parallèles, les divagations et les curiosités inattendues. Tant je les aime encore…

En 2010, j'ai écrit un livre, *Grand Hôtel Nelson*, sur mon grand-père avec qui, répétait-il, je me serais bien entendu. Sa présence impalpable dans son appartement que je continue d'occuper avait fini par m'imprégner. Il fallait bien que je l'approche, une fois pour toutes. Mais précisément parce que je ne le connaissais pas, que je n'avais plus à ma disposition que des indices, des livres, des plaques photographiques, des bribes de collection et ses propres ouvrages bien sûr, ésotériques ou de vulgarisation scientifique, je n'ai pu que le *réinventer*. Je l'ai hissé en quelque sorte à la dignité ou à la simple qualité d'un personnage de fiction. Je n'avais d'autre choix. Cela m'a amusé. J'espérais du moins que cette fiction me permettrait de comprendre l'homme qu'il avait été et dont aucun témoin ne pouvait plus – et depuis longtemps ! – me parler. De le fréquenter puis de lui dire adieu.

*

Aujourd'hui, de tels détours par la fiction ne me sollicitent plus.

Seul m'émeut le silence qui rôde autour de mon grand-père et surtout de mon père.

Seul m'obsède le silence qu'il observait quand nous nous disputions en famille à propos de cette fichue assiette du chat, lui qui répugnait à parler de sa vie, de son enfance, de tout ce qui avait pu le blesser, lui le fils unique d'un couple déjà âgé à sa naissance.

Mais peut-on faire d'un silence le sujet réel d'un livre ?

3.

Un homme d'ordre

Cette assiette du chat me renvoie donc à la façon dont mon père avait relégué son enfance à l'abri des regards, des interrogations et des curiosités de ses proches, de sa femme et de ses enfants d'abord. À la façon surtout dont il l'avait enfermée dans un placard ou, mieux, une *oubliette*, pour la reléguer à l'écart de lui-même, pour ne plus en parler – ou ne plus s'en souvenir. Ce que l'on dissimule aux autres, n'est-ce pas, la plupart du temps, la meilleure façon de se le cacher d'abord à soi-même ?

Vers la fin de sa vie, il se mit à écrire ses mémoires, le récit de son enfance et de son adolescence.

— Tu liras tout cela après ma mort, me disait-il.

Ou plutôt non, je me trompe, il en parla d'abord à Nicole. Il lui tendit même les premiers cahiers qu'il avait rédigés.

Il avait confiance en elle, en sa qualité de lectrice, en sa bienveillance et son affection. Elle était une professionnelle au jugement très sûr, estimait-il (et il n'avait pas tort). Il l'avait connue quand elle était encore libraire, rue Saint-Louis-en-l'Île, bien avant qu'elle ne travaille chez Hachette, bien avant notre mariage. Surtout, elle n'était pas directement liée à lui, par la filiation. Il lui était plus facile de se confier à elle, ou de lui confier son manuscrit, comme un patient remet d'abord au médecin son dossier médical.

Depuis des années, le soir, je le voyais penché sur son bureau. Bientôt il en fut au deuxième, au troisième, au dixième cahier de ses souvenirs… Et je me disais que peut-être, enfin, dans l'intimité, dans le silence protecteur de cette rédaction, il se livrerait à lui-même avant de se livrer aux autres, il entrebâillerait la porte des oubliettes où il avait cadenassé sa vie, il laisserait s'exprimer les chagrins ou les peurs qui avaient accompagné ses premières années.

Et cela le réconcilierait avec lui-même, avec ce qu'il avait été. Le consolerait ou l'apaiserait.

Quelle déception quand j'ouvris pour la première fois, quelques mois après la mort de mon père, ses cahiers à spirale, le récit de son enfance et de son adolescence !

Non, il n'était décidément pas un écrivain, au sens où l'écrivain est celui qui met son cœur à nu. Ce qui l'avait bloqué quand il s'était mis en tête, sa vie durant, d'écrire des romans que les éditeurs (à de rares exceptions près) refusèrent les uns après les autres, avait continué à le paralyser dans ses mémoires, alors qu'il ne risquait plus rien, que nul n'aurait pu l'accuser d'impudeur ou d'ingratitude.

Ses premières années, il les avait racontées de façon impersonnelle, sans l'ombre d'une émotion : son père bibliophile, médecin, entouré d'amis, et sa mère qui veillait sur lui…

Tout cela restait factuel. Autrement dit, fastidieux.

Les lambeaux de souvenirs de nos enfances ne sont jamais factuels. Ils restent colorés de peurs, de joies et de regrets. Ce qui a été sauvé de l'oubli nous parvient dans la plus grande confusion. Il faut accepter ses peurs, ses joies – et cette confusion. Alors peut naître l'émotion… Mais, chez lui, au contraire, à force de les mettre à l'alignement, si je puis dire, et de les censurer, ses lambeaux de souvenirs recousus chronologiquement se trouvaient dépourvus de la moindre palpitation.

Et moi qui avais tant espéré que son livre de mémoires fût enfin le premier livre digne de lui, de l'homme de haute culture qu'il était, au style précis et ferme ! Hélas ! mon père resta jusqu'à sa mort un homme souffrant, un homme que rien ne put consoler ou apaiser, un homme cadenassé. Et j'eus de la peine en le lisant. Des regrets pour lui, surtout.

Un livre nous délivre. Mon père ne sut pas se délivrer de ce qui avait marqué et à jamais assombri sa vie. On aimerait tant que ses parents aient eu une vie heureuse, ou du moins que la fin de leur vie ait été la plus douce et la plus réconciliée possible !

Ce qu'il avait, devant nous, quand nous étions enfants, relégué aux oubliettes, il semblait l'avoir écarté dans ses mémoires. Ou plutôt il ne voulait toujours pas en parler.

L'objectivité ou la neutralité de son témoignage trahissaient la faillite de son entreprise.

Il se voulait *ordonné*. Les souvenirs ne le sont jamais.

Est-ce là le propre des conservateurs ou, plutôt, des hommes d'ordre ? Chercher aussi à ordonner ce qui ne peut l'être ? Ce qui explique sans doute pourquoi jamais un écrivain digne de ce nom, serait-il le plus passéiste, le plus réactionnaire, le plus infatigable explorateur des soi-disant paradis perdus de l'enfance ou de la jeunesse, ne saurait être *stricto sensu* un homme d'ordre – un homme incapable de s'aventurer dans la pénombre des âmes ou le grand désordre de sa conscience.

Mon père n'ordonnait dans ses pages que des souvenirs prévisibles. Aucune émotion ni aucune douleur ne parvenaient à leur donner de l'élan. Aux choses vues, singulières, intimes, il préférait les choses mortes. L'objectivité des choses mortes, mettons !

La chatte Fagonette de son enfance, en particulier, n'avait pas trouvé sa place dans ses cahiers à spirale parce que les chats n'ont rien à voir avec l'ordre mais tout avec la vie, cette vie qui échappe à la nôtre…

*

Telle est la raison pour laquelle, sa vie durant, mon père a toujours redouté les animaux domestiques, surtout les chats – et même les nôtres qui, à l'étage au-dessus du sien, où nous habitions, Nicole et moi, venaient parfois, à la faveur d'une porte laissée entrouverte, débouler chez lui comme s'ils se croyaient chez eux.

Il sursautait à leur vue. Il était mal à l'aise. Il les surveillait du coin de l'œil.

Je voyais bien qu'il était inquiet.

Nicole, un jour, lui demanda la raison de ce malaise pour ne pas dire de ce rejet.

Il lui répondit que ce rejet qui, du reste, n'était pas violent, colérique, caractériel, accompagné de menaces à leur égard, venait de ce que les chats étaient imprévisibles et donc sources de déséquilibre au sein de son appartement... ou de son *intérieur* (et je ne sais au juste quel sens prioritaire donner ici à ce mot).

Malgré tout, il fut bien forcé de tolérer les chats qui accompagnèrent notre vie et qui descendaient souvent, les malheureux, lui rendre visite, animés des meilleures intentions.

Devrais-je me risquer à parler de peur, chez lui – la peur que l'on éprouve à l'égard de ce qui est vivant, de ce qui vous échappe, ce qui ne se prévoit ni ne se classe et que l'on n'ose de ce fait regarder ?

Il avait compris ou pressenti qu'il y avait eu du désordre dans son enfance, des affrontements entre ses parents pour des raisons qu'il ne connaissait pas ou qu'il répugnait à imaginer. De toute façon, il ne se permettait jamais d'en parler.

Tout comme de Fagonette l'insaisissable.

Il se taisait. Il tentait de les oublier.

L'assiette du chat faisait sans doute partie du lot. Un détail minuscule qu'il était préférable, de toute façon, d'oublier.

*

Il en fut de même à propos de Clarisse. Il ne l'oublia pas, c'était impossible, mais il l'écarta de sa vie, de ses mémoires. Elle était source de trop de malaises et d'incertitudes. Pourtant, elle avait marqué à jamais sa vie et d'abord son enfance, tout comme elle a marqué par la suite la mienne, comme elle a illuminé même la première partie de ma vie.

Née en 1889, l'année de la tour Eiffel, aimait-elle à rappeler, élève au collège Sophie-Germain, elle y était tombée amoureuse de ma grand-mère encore célibataire, dont elle fut l'élève en français et en anglais.

Par son aura d'enseignante, son autorité, son intelligence et sa séduction, Henriette Rouyer avait su inspirer à ses élèves de nombreuses passions ou des « flammes », comme on les appelait alors.

Avec Clarisse, cette flamme prit des allures d'incendie.

« Je ne sais pas aimer, je sais adorer », me confia-t-elle, au soir de sa vie. Et l'adoration qu'elle voua à ma grand-mère entraîna, de sa part, une forme d'imitation de sa vie, comme les saints tendent à une forme d'imitation du Christ.

Elle entreprit les mêmes études supérieures qu'elle, parvint à se faire nommer, auprès d'elle, professeur d'anglais à Sophie-Germain. Elle voulut en somme lier sa vie à la sienne, *épouser* tout de sa vie.

Partagèrent-elles une forme d'amour saphique ? Je l'ignore. Peut-être. J'en doute un peu. Tout devait s'embraser pour Clarisse dans la pure idéalisation de l'être aimé.

Quand ma grand-mère épousa, en 1906, un homme de quarante-cinq ans, de onze ans son aîné, qui venait de finir ses études de médecine (il avait été contraint de travailler auparavant comme journaliste scientifique pour subvenir à l'éducation de neveux orphelins) et qu'elle devint, pour l'état civil, Mme Georges Vitoux, ce fut un choc effroyable pour Clarisse. Mais tout ce qu'accomplissait la femme qu'elle aimait ne pouvait être qu'irréprochable. Ou mieux, ne pouvait être qu'adorable ou digne d'être adoré. Elle accepta donc ce mariage.

Le couple loua un appartement quai d'Anjou, dans l'île Saint-Louis. Clarisse s'installa aussitôt dans un modeste logement, rue Saint-Paul, rive droite, de l'autre côté de la Seine.

Deux ans plus tard naquit mon père. Cet enfant, Clarisse l'aima comme s'il était le sien. Et ma grand-mère, très vite, laissa Clarisse prendre sa place dans son intimité domestique, s'occuper de l'enfant, le chérir, le protéger, le sortir et contribuer à son éducation.

La mort soudaine de ma grand-mère, le 30 janvier 1933 (mon père avait alors vingt-quatre ans), bouleversa une nouvelle fois sa vie.

Sa passion immodérée pour elle se transmua en une ferveur religieuse non moins absolue.

Comme une pécheresse qui devient une sainte ?

« Avant d'aimer Dieu, j'ai aimé ses créatures », me disait-elle.

Je ne pense pas qu'elle désignait ainsi les femmes de mauvaise vie mais les créatures de Dieu, tout simplement, les êtres humains en général, ma grand-mère d'abord, qui s'étaient jusqu'alors interposés entre elle et Lui.

Pour autant, son retour vers le catholicisme de son enfance ne fut pas celui d'une femme qui choisit d'enfermer son chagrin ou ses remords au fond d'un couvent pour mener une vie de contrition, de consolation et de prières.

Non, Clarisse continua d'enseigner au collège Sophie-Germain. Elle veilla plus que jamais sur mon père, telle une mère de substitution. Par la suite, elle fut pour mon frère, ma sœur et moi semblable à une grand-mère ou une tante (devant nos amis et nos proches, on parlait d'elle comme de « tante Clarisse » ; comment justifier, sinon, sa proximité auprès de nous tous ?) – et bien plus qu'une tante en vérité, une présence, une mémoire, un point fixe ou mieux, un point d'ancrage et d'amour qui ne pouvait se réduire à un nom, un lien de parenté, et sur lequel nous avons toujours pu nous appuyer, nous le savions…

Et trop souvent même, nous en abusions.

Clarisse ne savait pas dire non.

Aucune plainte, jamais, n'émana d'elle, même si elle fut victime, dans les dernières décennies de sa vie, d'une maladie sans remède, une forme d'effritement des os de la colonne vertébrale, la maladie de Paget, qui la contraignit à porter un corset de fer. Mais l'aveu de ses douleurs aurait pu nous perturber. Elle souriait, elle minimisait son état, elle offrait tout cela à Dieu…

*

Je dois en revenir aux silences de mon père.

Il accepta Clarisse auprès de lui dès qu'il fut en âge d'ouvrir les yeux.

Les très jeunes enfants acceptent tout, n'est-ce pas ? Ils n'ont pas le choix. Ce qu'ils vivent, ce qu'ils éprouvent, c'est la norme puisqu'ils le vivent et qu'ils sont au centre du monde, autour duquel gravitent des satellites. Pour eux, l'esprit critique viendra plus tard, à l'école, dès qu'ils se trouveront au contact d'autres enfants... Mais je ne sais toujours pas quel regard mon père jeta sur Clarisse, quand il eut l'âge des premières réflexions ou des premières comparaisons.

Il accepta Clarisse, sa vie durant, auprès de sa mère, puis, par la suite, auprès de sa femme et de ses enfants avec la même forme d'indifférence apparente.

Il ne pouvait pas ne pas sentir l'amour qu'elle nous portait, les services qu'elle nous rendait, quand elle nous faisait travailler plusieurs soirs par semaine, quand elle nous sortait le jeudi ou le dimanche, quand elle nous rejoignait dans notre maison de Provence, au mois d'août... Il avait pris conscience aussi du dévouement de Clarisse pour notre famille, alors qu'il était en captivité.

Mais lui, l'aima-t-il ?

Je n'ai pas le souvenir d'un seul élan d'affection ou de reconnaissance qui le poussa un jour vers elle. Il en était sans doute incapable.

Comment, a fortiori, aurait-il pu avouer les sentiments confus qui l'animaient à son égard : la tendresse, la reconnaissance, sans doute, mais aussi une forme de ressentiment ?

Osa-t-il lui dire une fois, une seule fois, animé par la colère ou des années de rancœur inexprimée et confuse, que, par son amour pour sa mère, elle avait sans doute contribué à disloquer le couple que formaient ses parents, cette mésentente qui fut sans doute le plus grand chagrin de son enfance, qu'il la tenait donc pour responsable de son éducation asphyxiante, à l'écart de son père qu'il avait si mal connu ?

Mais cela, le pensa-t-il vraiment ?

L'absence totale de Clarisse, dans le récit de son enfance, c'était bien la seule façon, pour mon père, d'exprimer sa prise de distance avec elle – ou son *rejet*. Il ne pouvait aller plus loin, tant l'amour de Clarisse, dès sa naissance, l'avait inondé et, par voie de conséquence, paralysé.

Comment oser en vouloir à quelqu'un qui vous a tant protégé, tant accompagné, tant enseigné, tant pardonné, tant choyé ? Il ne se serait jamais permis de l'affronter, de la blesser.

L'amour désarme ceux qui en sont la cible et les empêche de riposter.

*

Mais je dois insister. Que risquait-il, bon sang, à évoquer ce rejet, dans les souvenirs de sa jeunesse ? Il n'allait blesser personne, cette fois. Clarisse n'était plus de ce monde. Ses souvenirs seraient lus après sa propre mort. C'était son souhait. Nul ne l'accuserait d'impudeur.

En vérité, de tels aveux, de tels souvenirs puisés au fond de lui-même l'auraient malmené, l'auraient contraint à affronter enfin cette forme de désordre affectif dont il fut victime dans son enfance, dont il ne voulut jamais parler ni entendre parler, dont il refusa d'abord de prendre conscience.

Clarisse disparut donc du tableau. Il l'effaça. Il n'écrivit même pas son nom. Et pas un mot non plus sur cette distance courtoise et impitoyable que ses parents observèrent, peu de temps après leur mariage ou peu de temps après sa naissance, l'un envers l'autre.

Il aurait pu s'interroger à tout le moins, avec le recul, sur les raisons d'un tel divorce de proximité, si j'ose cet oxymore. C'était là le nœud de son enfance. Son sujet principal. Les joies, les souffrances, les énigmes de son enfance. Et Clarisse qui était au cœur de cette galaxie ! Mais décidément non, il demeura incapable de briser cette armature de silence qui le maintenait debout, la cuirasse d'un homme d'ordre.

Son seul mouvement d'humeur contre ses parents, il le manifesta après leurs morts, quand il fut devenu orphelin. À ce moment-là, enfin, il s'opposa à eux. Comme une forme de vengeance posthume. Mais en prit-il conscience ? Mesura-t-il que ce qu'il allait devenir, il le leur devait, par défaut ?

Mes grands-parents étaient athées ; mon père se convertit au catholicisme et se fit baptiser peu avant son mariage.

Ils étaient, pour parler vite, de gauche, ils militèrent en faveur de Dreyfus ; mon père, lui, afficha ses positions conservatrices ou nationalistes, homme de droite pour tout dire.

Ma grand-mère avait passionnément aimé l'Angleterre que mon père prit aussitôt en horreur ; il se mit à chérir l'Allemagne romantique qu'il avait découverte, un été, en 1928, à Heidelberg, où, pour la première fois, il put s'affranchir de la tutelle maternelle et, au contact d'autres étudiants venus aussi d'Italie ou d'Espagne, découvrir l'amitié et l'amour.

Mon grand-père qu'exaltaient les découvertes scientifiques, voire les mirages de son temps, fut l'un des premiers à rédiger des livres ou des brochures sur les rayons X, le cinématographe, l'automobile, le spiritisme, le magnétisme, en bref toutes les nouveautés ou tous les *désordres* de son temps, au tournant du XIXe et du XXe siècle… et mon père, un homme d'ordre, se tourna vers le passé comme vers son unique refuge.

Sa phrase si souvent répétée, je ne l'oublierai jamais, tant j'y entends aujourd'hui les regrets, les remords ou les souffrances qui l'habitaient.

— Comme tu te serais bien entendu avec ton grand-père !

Mon père n'irait jamais plus loin.

Il n'allait pas se plaindre. Ce n'était pas son genre.

4.

L'innocence des âmes passionnées

Les liens tissés entre Clarisse et ma grand-mère qui entouraient et éduquaient mon père, il avait sans aucun doute eu du mal à les concevoir et, a fortiori, à les nommer.

Moi-même si proche de Clarisse dans la dernière partie de sa vie, je n'avais jamais trop su comment me les représenter, en dépit de ses confidences. Y tenais-je tellement, du reste ? C'était si loin de moi, de l'autre côté de ma vie.

Je m'accommodais fort bien de ce que Clarisse nous racontait, et de ce qu'elle ne nous disait pas. Mais y avait-il dans ses silences matière à cachotteries, une volonté délibérée de sa part de nous mentir, au moins par omission ? J'ai du mal à soupçonner la moindre duplicité, chez elle.

Aujourd'hui encore, il m'est difficile de prendre la mesure de ce qui relève du domaine de l'excès, de l'adoration. La raison ne peut apprécier que ce qui est raisonnable – ou compréhensible. Pas ce qui est démesuré.

Il y avait bel et bien quelque chose d'*insensé* dans l'amour de Clarisse pour ma grand-mère. Et ce qui est insensé n'appartient pas, au sens strict, à l'empire des sens.

Comment, chez ma grand-mère et surtout chez mon père, résister ouvertement à Clarisse, comment lutter et se défendre contre une forme d'amour fou, comment affronter une personne qui continuerait de vous servir, de vous chérir et de vous pardonner, les bras tendus vers vous, même si vous portiez des armes et profériez des menaces ou des insultes ? Les martyrs, au bout du compte, mettent toujours leurs bourreaux en déroute.

Mon père, lui, avait préféré se taire.

Enfant, avait-il blessé Clarisse par son silence, une forme de résistance passive à son égard ?

Mais non, elle était trop bienveillante, oserais-je dire trop innocente ou trop pure, pour s'en offusquer. Elle ne pouvait attribuer ce silence ou cette résistance qu'au caractère de mon père, quitte à lui donner d'autres noms : la discrétion, la pudeur, la crainte maladive de se confier.

Pas une seconde, elle ne douta de l'affection qu'il lui portait. L'amour ne doute de rien (« l'amour ne s'irrite pas, il ne soupçonne pas le mal… il excuse tout, il croit tout, il espère tout, il supporte tout », écrit Paul dans sa première épître aux Corinthiens). Et je pense qu'elle avait raison. Mon père, à sa façon, avait dû aimer Clarisse, mais d'un amour très humain et donc constitué d'un alliage de contradictions ou d'impuretés qui devaient le ternir.

Longtemps, j'ai donné raison à mon père.

J'ai compris son silence ou les raisons qu'il avait eues de l'observer.

Pardonnait-il à Clarisse ?

*

Pourquoi, par quels détours, enchaînements de pensées et de réminiscences, en suis-je venu, en me penchant sur l'assiette du chat, objet de bruyantes disputes entre mon frère, ma sœur et moi, à convoquer de nouveau le couple que formèrent mes grands-parents ?

En quoi cela me concerne-t-il ?

À quoi bon m'appesantir sur un homme et une femme disparus à quelques semaines d'intervalle, onze ans avant ma naissance ?

Tant de situations nous assaillent, qui devraient solliciter mon intérêt, mes réflexions, mon imagination, ma compassion, ma générosité, mes engagements, que sais-je ? Je pense aux pandémies, aux nouveaux Frankenstein de la science et de « l'homme augmenté » qu'ils bricolent en douteuses manipulations génétiques, à l'effacement du passé auquel tant de nos contemporains s'adonnent avec un militantisme barbare, aux nouvelles guerres de religion repeintes aux couleurs du terrorisme, au cauchemar des réseaux sociaux, aux injures et délations anonymes, pour ne rien dire des guerres nationales ou impériales aux marches orientales de l'Europe, de la menace des armes atomiques, du dérèglement climatique, de la surpopulation de notre planète…

Mais précisément, à quoi bon ajouter des commentaires inutiles ou déjà mille fois formulés sur des sujets pour lesquels je ne me sens aucune autorité ? Le spectacle des chaînes d'information en continu où s'affichent et pérorent ceux qui n'en ont pas davantage m'inciterait plutôt à faire vœu de silence. Une question d'hygiène, mettons !

Sans mauvaise conscience, je préfère scruter une assiette d'autrefois, une assiette disparue qui était l'objet de dispute pour l'enfant que j'étais...

Et voilà que celle-ci m'entraîne, au soir de ma vie, vers mes grands-parents paternels que je n'ai jamais connus, vers les conflits qui les opposèrent, dans le décor de cet appartement qui est encore le mien. Les secousses qui ont ébranlé leur existence, leur vie conjugale, à la façon d'ondes sismiques, sont parvenues jusqu'à moi, faiblement certes, mais leurs conséquences ont contribué à faire de moi ce que je suis.

Bien sûr, je ne peux l'ignorer, après deux ou trois générations, ces signaux ou ces secousses que ne cesse d'émettre chaque individu au sein de son époque vont finir par devenir imperceptibles et bientôt s'effacer. Notre mémoire affective ne les captera plus. Mais tant qu'ils demeurent sensibles, il me semble qu'il est loisible ou, mieux encore, qu'il est conseillé, pour un écrivain, ou pour celui qui fait un pas de côté, de les guetter, de les recueillir et de les interpréter.

Au diable les hurlements cacophoniques de l'actualité enregistrés par tant de micros ou de caméras ! Il y aura toujours un portable qui traîne pour moissonner le plus minuscule fait-divers. Mille fois plus instructifs me semblent encore une fois les *signaux faibles* qui se sont gravés, souvent à leur insu, chez des individus qui cherchent ensuite à les interpréter.

N'est-ce pas l'un des devoirs de la littérature que d'être animée par cette croyance ou cette ferveur plus ou moins raisonnable qui incite à penser que ces ondes, précisément, ou cette forme impalpable d'influences qui se transmettent d'une génération à l'autre, méritent d'être retenues, tant qu'elles sont encore perceptibles ?

À ce titre, toute recherche du temps perdu enrichit l'auteur aussi bien que le lecteur du temps d'aujourd'hui.

*

À la réflexion, je me demande si je n'ai pas été trop hâtif en me persuadant que Clarisse avait été la seule cause de l'éloignement du couple formé par mes grands-parents.

Et si mon père, le premier, s'était trompé à ce sujet ?

Non que Clarisse n'ait marqué de façon décisive la vie de mes grands-parents, de mon père et ensuite de la mienne. Sa présence auprès de ma grand-mère avait révélé la mésentente de son couple. Mais, j'y reviens, cette mésentente, Clarisse en était-elle responsable ?

Aujourd'hui, en me remémorant mon enfance, ma jeunesse, en réfléchissant et en cherchant à interpréter ce que j'ai appris, indirectement, de la vie et du comportement de mes grands-parents, j'en suis beaucoup moins convaincu.

Clarisse, amoureuse éperdue de celle qui avait été d'abord son professeur de français et d'anglais au collège Sophie-Germain, bien avant son mariage, l'affaire est entendue. Ma grand-mère avait accepté ou toléré cette ferveur idolâtre auprès d'elle. Une esclave à son service, cela la flattait. Elle devait aimer cela. Elle en avait pris l'habitude avec ses élèves. Comment y résister ? Un esclave conquiert toujours le maître, il engendre le maître bien davantage que le maître n'engendre et ne contraint l'esclave. Je n'insiste pas sur cette dialectique trop convenue !

Reste que ma grand-mère avait fini par se marier. Que le docteur Vitoux l'avait épousée, en toute connaissance de cause. Clarisse n'était pas un élément nouveau qui avait favorisé ou déclenché les fêlures dans leur nouvelle vie de couple.

Sa présence auprès d'eux, quai d'Anjou, pouvait être à la rigueur la conséquence de ces fêlures. Non leur origine.

Du reste, consciente du danger que représentait Clarisse pour l'équilibre et l'intimité du nouveau couple, ma grand-mère, épaulée en cela par le docteur Vitoux, avait tout de suite après son mariage cherché à l'éloigner d'eux, à la marier. Et même après la naissance de son fils unique, en 1908, elle y pensait encore. Autant dire que demeuraient une intimité, une proximité affectueuse ou amoureuse entre les deux.

Cela, Clarisse me l'avait raconté. Sans soupçonner qu'elle aurait pu constituer une source de discorde entre le docteur Vitoux et son épouse qui continuait d'enseigner au collège Sophie-Germain, rue de Jouy, dans le Marais, à quelques centaines de mètres de leur appartement du quai d'Anjou.

Elle attribuait ce désir de ma grand-mère de la caser, lui assurer un avenir conjugal, la rendre moins dépendante de son ancien professeur, au seul souci qu'elle avait de son bien-être, de son bonheur et de son avenir.

Merveilleuse innocence des âmes passionnées qui ne songent pas un instant aux dégâts que leurs passions entraînent chez les autres !

Ah ! comme Clarisse riait de bon cœur, sans songer à mal, en me racontant les vaines tentatives de mes grands-parents pour lui trouver un mari, comme si elle pouvait envisager une seconde de mener pour elle-même une vie de femme et de mère, à l'écart du quai d'Anjou !

L'un de ses prétendants les plus résolus, proche ami de Georges Vitoux, venait d'achever ses études vétérinaires. Un homme charmant et distingué, me précisait Clarisse, et probablement assez épris d'elle et de sa personnalité pour la demander très officiellement en mariage.

Pourtant, elle n'était pas un beau parti. Son père, un Juif polonais, avait quitté sa Pologne natale à l'âge de quinze ou seize ans, sans rien en poche, et avait gagné la France à pied. Il s'y installa, travailla bientôt comme employé dans un magasin d'appareils photographiques avant d'épouser la fille, très catholique, de ses patrons. Un peu plus tard, c'est lui qui allait diriger leur commerce…

Clarisse n'était pas davantage ce qu'il est convenu d'appeler une belle femme consciente de sa séduction. D'assez petite taille, les traits réguliers certes, elle était affectée d'un léger strabisme, une coquetterie dans l'œil, comme on disait – la seule coquetterie qu'elle afficha jamais, à son corps défendant ! Chercher à plaire, à attirer l'attention des hommes (ou des femmes), non, tout cela lui resta toute sa vie étranger ou même inconcevable.

Pourtant, il n'y eut rien là pour décourager le jeune docteur vétérinaire qui s'appelait Blier. S'il avait su voir en Clarisse une personnalité d'exception, c'était tout à son mérite et à sa perspicacité.

Son diplôme en poche, il devait s'embarquer pour le Chili. Un poste l'attendait de conseiller du gouvernement en matière sanitaire ou alors de vétérinaire dans une grande estancia, Clarisse ne s'en souvenait plus très bien.

Il espérait, une fois marié, que Clarisse l'accompagnerait dans cette expédition.

Un jour, je lui avais demandé :

— Tu n'avais pas eu envie d'épouser le docteur Blier et de découvrir le monde avec lui, l'Amérique du Sud ?

Pour toute réponse, elle m'avait répondu que s'éloigner de ma grand-mère et de mon père, non, cela lui était inimaginable.

Clarisse souriait même de mon incompréhension.

Dès son retour en France, avait-elle ajouté, le docteur Blier avait été nommé inspecteur des Services d'hygiène de la Ville de Paris. Il s'était marié peu après. Sa carrière n'avait cessé de progresser. Et il avait eu un fils qui deviendrait un acteur célèbre.

— Tu n'as donc jamais été la mère de Bernard Blier.

— Eh bien non.

De guerre lasse, mes grands-parents renoncèrent à jouer les entremetteurs pour un impossible mariage. Ils ne parviendraient jamais à se débarrasser de Clarisse.

Et je dois en revenir à cette question qui me taraude, alors que flotte encore devant mes yeux le mirage de l'assiette du chat : quelle fut l'origine de la désunion de mes grands-parents, peu après, au sein du grand appartement du quai d'Anjou qu'ils avaient loué au moment de leur mariage, encore épris l'un de l'autre ?

*

Je ne crois guère, pour eux, à ce que l'on appelle, en matière de divorce, l'incompatibilité de caractères. Ni l'un ni l'autre n'étaient par ailleurs des jeunes gens entraînés de façon irréfléchie vers je ne sais quel vertige érotique et qui découvriraient par la suite qu'ils n'avaient rien d'autre à partager.

Ils étaient adultes. Ils étaient réfléchis. Ils avaient eu le temps de se connaître, de prendre la mesure de leurs personnalités, de leurs différences – et de ce qui les unissait. Ils tenaient à la réussite de leur couple, vertige ou pas.

Je ne peux guère aller plus loin dans cette exploration de leur intimité conjugale. Pour eux comme pour les couples en général, tous les couples. Il y a là un seuil qu'aucun étranger ne parvient à franchir. Même le psychanalyste le plus patient ou le moins dogmatique. Les amis ou les confidents ne recueillent jamais que des aveux biaisés. Les enfants, cela va de soi, se heurtent, à l'écart de la chambre parentale, à ce qu'ils ne peuvent ou, le plus souvent, ne veulent pas savoir. Et que dire alors des petits-enfants qui n'ont connu aucun des intéressés ?

À quoi bon se pencher sur de vieux draps de lit ? Ils ont été mille fois lavés, repassés. Ils sont partis en lambeaux. Ils sont devenus chiffons, et puis rien du tout. En somme, ils ne sont pas plus éloquents, pour moi, que l'assiette du chat de mon enfance, et même beaucoup moins.

Qui saura me dire si ma grand-mère était davantage une femme cérébrale qu'une femme sensuelle ? Ou si mon grand-père se révélait d'une robustesse insatiable dans ses appétits sexuels ? Je pourrais le supposer. C'est tout. En témoignerait cette boîte de négatifs sur verre de photos pornographiques des années 1900, qui lui avait appartenu, et que je redécouvris, il y a une trentaine d'années, au fond d'un placard. Mais ce lot de photos ne relevait-il pas d'abord du côté collectionneur compulsif du docteur Vitoux ?

La mise au monde de son fils pouvait suffire à ma grand-mère, mission accomplie si je puis dire, et tournons la page ! Mon grand-père, lui, n'avait peut-être pas eu envie de tourner quoi que ce soit. Il ne se satisfaisait pas de cette porte ou de ce lit qui lui étaient fermés…

Suppositions, suppositions !

Mais de là à faire non seulement lit à part, dans la même chambre, mais aussi appartement à part, ce dernier divisé en deux territoires séparés par une frontière stricte, leur fils relégué, en otage, dans la seule zone maternelle !

Non, il devait y avoir eu quelque chose de plus grave dans le couple, une crise qui aurait entraîné une telle situation.

Quelle crise ?

5.

Le cousin Jojo

Demeure la solitude de mon père, l'enfant unique, l'enfant privé de chat, l'enfant asthmatique, l'enfant otage de sa mère, éloigné de son père, et qui n'évoquera jamais, pour nous, ses années de jeunesse.

À une exception notable cependant : les souvenirs qu'il avait gardés de son cousin Georges Pautal qu'il appela toujours Jojo.

Sa mère, Berthe, sœur de notre grand-mère paternelle, avait été l'une des plus brillantes modistes d'avant la Grande Guerre. N'avait-elle pas travaillé d'abord pour Caroline Reboux, une célébrité de la haute couture naissante, dans les dernières décennies du XIXe siècle ?

Je le sais parce que j'ai toujours gardé, dans le tiroir de mon bureau, un bristol sur lequel Clarisse, à ma demande, avait dressé, dans les années 60, le double arbre généalogique de notre famille, côté maternel et paternel, ce dernier beaucoup plus détaillé, forcément. L'encre a pâli, le bristol s'est écorné, il a jauni. Mais, grâce à la belle écriture ronde et si professorale de Clarisse, je déchiffre encore sans mal les noms des cinq frère et sœurs de ma grand-mère Henriette Vitoux : Blanche, Henri, Berthe, Léa et Marguerite.

Pour chacun d'eux, Clarisse avait rédigé, en marge du document, une ou deux lignes biographiques et professionnelles. Mais pas un mot sur l'éventuel mari de Berthe, comme s'il n'avait jamais existé ou qu'elle ne savait rien de lui. L'énigmatique Monsieur Pautal n'aurait-il été qu'un amant de passage de la modiste, le temps de reconnaître l'enfant et puis de prendre congé ?

Une chose est sûre, Georges Pautal, fils unique comme mon père, avait été élevé lui aussi par une femme possessive, talentueuse et autoritaire.

Les deux garçons avaient joué ensemble, quai d'Anjou, me racontait Clarisse. Ah ! pouvoir courir enfin comme des dératés, se dissiper et faire les diables, d'une pièce à l'autre, afin d'échapper, le temps d'un après-midi, à cette double tutelle !

Leur complicité avait ensoleillé leur jeunesse. Et de Jojo, parfois, mon père consentait à parler.

Son cousin avait-il connu la petite chatte Fagonette du docteur Vitoux ? Cela est vraisemblable. Mais je n'eus jamais l'occasion de m'entretenir de cela avec lui. Ni, a fortiori, de son assiette. Je n'y pensais pas. Tant d'années s'étaient écoulées !

Surtout, Jojo venait rarement nous rendre visite !

Je me demande si lui et mon père avaient eu l'occasion de se retrouver aussi souvent qu'ils l'auraient souhaité, quand ils étaient enfants. Berthe et sa sœur étaient-elles si proches l'une de l'autre ? Raison de plus pour comprendre le prix que leurs fils attachaient à leurs trop rares souvenirs partagés.

La vie, de toute façon, n'allait pas tarder à les éloigner pour de bon.

Timide, emprunté, solitaire, le cousin Jojo ne se sentait ni le goût ni les aptitudes pour suivre des études supérieures. Il fit carrière à l'Électricité de France, à Marseille (pourquoi Marseille ?). Y être embauché comme cadre subalterne avait suffi à son bonheur – ou à sa tranquillité.

Il habitait rue d'Endoume.

Jamais il ne songea à se marier. Les femmes, sans doute, lui faisaient peur. Ou du moins ne l'attiraient pas. Sa mère avait dû lui suffire pour la vie entière.

Il partagea sa vie, et son appartement, avec un policier d'origine catalane qui ne devait pas être très haut placé non plus dans sa hiérarchie et que l'on appelait, dans ma famille, Monsieur Felipe.

Taciturne, le front bas, le visage taillé à la serpe, le regard sombre, toujours vêtu d'un costume anthracite à rayures et d'une chemise grise (c'est du moins ainsi que je crois me souvenir de lui), cet ami de Jojo aurait pu incarner le prototype du truand marseillais, avec le menton et les joues bleutés de l'homme jamais rasé de près et qui vit dans les marges, s'il ne s'était retrouvé, dans sa vie professionnelle, de l'autre côté de la barricade, auprès des forces de l'ordre.

Pour tout dire, Monsieur Felipe s'opposait du tout au tout à Jojo qui, lui, nous souriait de ses yeux bleu clair semblables à ceux de mon père, dès qu'il nous apercevait, et nous éclairait de sa joie de vivre. Pour autant, on ne sentait aucune méfiance ni aucune hostilité chez Monsieur Felipe. Peut-être, simplement, lui faisions-nous un peu peur. Nous n'étions pas de son monde. Il demeurait sur ses gardes.

*

De Jojo, je n'ai gardé que des souvenirs lumineux.

D'abord, il nous suffisait, en famille, de dire tout simplement « le cousin Jojo », et aussitôt cet homme que nous avions si peu l'occasion de voir, nous mettait de bonne humeur, comme si l'on avait affaire à un personnage de bande dessinée, affublé de son sobriquet. Du coup, il nous devenait proche et bienveillant.

Un après-midi, au moment des vacances de Noël, j'avais dix ans, guère plus, Jojo vint nous rendre visite quai d'Anjou. Je ne sais plus s'il était seul ou accompagné de Monsieur Felipe.

Il me trouva dans le salon où je venais d'installer mon train électrique, après avoir écarté les fauteuils et roulé le tapis. La pièce suffisait tout juste à mon circuit qui s'enrichissait chaque année, à la faveur de mes cadeaux d'anniversaire ou de Noël, de nouveaux rails, d'aiguillages, de croisements, d'éléments de décor. Bientôt, la voie ferrée put s'aventurer jusque sous le piano, avant de filer sous la commode, d'amorcer un virage et de déboucher sur la longue ligne droite, en face de la cheminée. Elle se dédoublait même en deux voies parallèles à la hauteur de la gare et de ses feux de signalisation.

Mes parents toléraient ainsi, deux ou trois fois par an, que je réquisitionne et m'approprie le salon pour quelques jours, pas davantage.

Cette fois-là, le jour de Jojo, mon transformateur venait de tomber en panne. Le courant ne passait que par à-coups. Un faux contact, sans doute. Que faire ? Une locomotive qui avance par saccades manque de noblesse et d'autorité sur ses rails. Et une locomotive immobile, c'est la fin du monde.

Ni une ni deux, Jojo demanda à mon père une pince, un tournevis, il s'empara du transformateur qu'il entreprit de démonter.

J'étais effaré.

N'allait-il pas tout détraquer ?

Mais non, il pénétra cet après-midi-là au cœur du mystère avec une autorité qui m'impressionna. J'aperçus derrière son dos (il était accroupi sur le plancher) les entrailles du transformateur, ses organes mis à nu, ses bobines de fils métalliques, les unes à côté des autres, des ressorts qui jaillissaient un peu partout, des fils électriques qui venaient de nulle part avant de s'enchevêtrer. Certes, je devais faire confiance à Jojo. Il était un adulte. Il devait en connaître un rayon en matière d'électricité. C'était son métier. Mais là, pardon, il s'agissait d'un transformateur, d'un train, et d'un train miniature de surcroît. Une autre affaire !

Jojo ne trahissait pourtant aucune inquiétude. Il sifflotait. Il me gratifia de son bon sourire.

— Tout va s'arranger !

Il inspecta en passant la locomotive et vérifia ses contacts sur les rails. Puis il remonta le dispositif, chaque vis de nouveau à sa place, avant de verrouiller le coffrage du transformateur autour de ses mystérieuses bobines électriques.

Et, aussi sec, le train se réveilla, s'ébranla. Sans une hésitation, sans un hoquet.

Ma vie, comme la locomotive et ses wagons, repartit avec allégresse sur la bonne voie.

Jamais je n'oublierai ce service que Jojo me rendit, ce jour-là, quai d'Anjou, Jojo qui réparait les transformateurs en un tour de main, sans s'inquiéter outre mesure, comme s'il avait fait ça toute sa vie, alors que je le soupçonnais de n'avoir jamais possédé de train électrique chez lui.

Jojo le magicien ou mieux le technicien hors pair ?

Un magicien n'est rien. Il a été gratifié par une puissance surnaturelle de dons qui dépassent l'entendement et d'abord son propre entendement. Il lui suffit d'un coup de baguette ou d'une formule retenue par cœur pour que tous les tours soient joués. En somme, il est dépourvu du moindre mérite. Les magiciens ne m'ont jamais impressionné.

À l'opposé, le technicien, lui, a dû avec patience s'initier aux secrets de la matière, aux rouages des moteurs électriques, aux bobines à induction, tout apprendre, tout comprendre et tout retenir, afin de remettre les machines en ordre de marche ou de remettre le monde en marche, tout simplement.

Le génie, le bienfaiteur de l'humanité, c'est lui.

*

Deux ou trois ans plus tard, à la fin du mois de juillet 1958, mes parents me confièrent à Jojo pour une petite semaine, chez lui, rue d'Endoume.

J'avais treize ans.

Mon camp scout s'achevait. Du côté de Cahors, me semble-t-il. Ou bien de Figeac. Je me souviens juste de deux excursions que nous avions faites au gouffre de Padirac et à Rocamadour. Ces noms se sont fixés en moi : Padirac et Rocamadour. Comme Cap Matifou et Pointe Pescade ou Matifou et Pescade, dans le roman de Jules Verne, *Mathias Sandorf*, pâle variation du *Comte de Monte-Cristo* de Dumas, que j'avais découvert et adoré cette année-là – des doubles noms qui se répondaient, qui chantaient ensemble et que j'ai retenus pour la vie, et je me demande bien pourquoi... Mais c'est une autre histoire !

Mes parents avaient estimé qu'il serait inutile pour moi de retrouver Paris en compagnie des autres scouts avant de repartir, quelques jours plus tard, dans le Sud, pour notre villa de La Nartelle, près de Sainte-Maxime. Il se peut aussi que mes parents eussent déjà, les premiers, quitté le quai d'Anjou et séjournassent chez des amis avant de rejoindre leur maison qu'ils avaient louée pour le début de l'été.

Peu importe ! Je resterais donc quelques jours à Marseille, chez Jojo, et puis, le moment venu, celui-ci me conduirait à la gare Saint-Charles, en direction de Saint-Raphaël où mes parents me récupéreraient.

Mais des environs de Cahors ou de Figeac jusqu'à Marseille, quels trains prendre, avec quelles correspondances ?

Par chance, mon père avait un ami parmi les plus chers qu'il eût jamais, qui collectionnait les guides de voyages, les indicateurs de chemin de fer anciens ou modernes, et qui connaissait même par cœur, je crois, les horaires des express internationaux. Il était à lui seul un moteur de recherche en un temps où cette notion n'était même pas imaginable. Il ne lui fallut que quelques heures pour trouver la solution.

Je n'en connais plus les détails. Je sais seulement que je dus changer de train, après un premier trajet en autocar qui me déposa à la gare de Figeac ou bien d'Albi. Je grimpai là à bord d'un tortillard pour Toulouse où je devais retrouver l'express Bordeaux-Marseille.

Ma feuille de route, cet ami de mon père (j'écris son nom avec reconnaissance : Yves de Montgolfier) l'avait établie avec soin : le numéro du wagon, ma place réservée en 3e classe pour ce dernier parcours. Peut-être même avait-il été jusqu'à relever le numéro du quai où je débarquerais depuis Figeac ou Albi et celui où je devrais grimper dans le Bordeaux-Marseille. Cela ne m'étonnerait pas.

Mes parents ne se firent donc aucun souci pour moi. Un louveteau ou un scout se doit d'être débrouillard, n'est-ce pas ? En tout cas, ils ne manifestèrent aucune appréhension devant moi. Je n'avais que l'adresse de Jojo et un peu d'argent en poche. Cela suffirait.

J'étais inquiet, pour ma part, de tant d'incertitudes ou d'inconnues. Mais grisé aussi de cette aventure où je devenais enfin mon maître. Comme pour un jeu de piste, lâché seul dans le monde, avec, en guise de boussole, les indications minutées de l'ami de mon père.

Après tout, j'avais treize ans. Je n'étais plus un enfant. Je tenais à m'en persuader.

Une seule inquiétude me taraudait : pourvu que le cousin Jojo n'ait pas oublié de venir me chercher en gare de Marseille, qu'il n'ait pas été renversé par une voiture, juste devant la gare, ou encore victime d'un malaise au moment de quitter son domicile.

J'ai toujours eu beaucoup (trop) d'imagination, je n'ai cessé, ma vie durant, de juger comme envisageables ou même probables les catastrophes qui freineraient l'accomplissement d'un projet. Et je me voyais mal, en cette occasion, laissé à moi-même au cœur d'une ville inconnue.

Qui saurait m'indiquer la rue d'Endoume ?

Mais, à peine descendu sur le quai, j'aperçus au loin Jojo, le sourire de Jojo qui éclairait son visage, Jojo qui m'attendait près de la locomotive, forcément…

*

Une nuit, en 1995, quelques mois avant sa mort, alors que s'était aggravé son état psychique dû à la maladie d'Alzheimer, mon père se réveilla et entreprit de s'habiller, seul, sans réveiller ma mère.

Alertée, la garde qui dormait dans la salle à manger finit par se lever et le persuada de se recoucher. Comme s'il était possible de raisonner un homme qui n'obéit qu'à sa propre logique, qu'à sa propre représentation du monde !

Il devait se rendre gare de Lyon, lui expliqua-t-il de façon confuse.

En désespoir de cause, elle me réveilla.

Nous habitions, Nicole et moi, à l'étage au-dessus.

Je descendis aussitôt, engourdi de sommeil.

Mon père m'aperçut et me reconnut – mais savait-il seulement que j'étais son fils ?

Il m'expliqua qu'il lui fallait filer gare de Lyon pour y chercher son cousin Jojo (qui était mort vingt ans plus tôt).

— Ne t'en fais pas, je m'en occupe, lui répondis-je.

Il secoua la tête, me regarda avec pitié, comme si je pouvais le berner !

— Tu dis ça mais tu ne le feras pas.

— Mais si, promis ! Je m'habille et je file.

Je réinvente à peu de choses près notre échange mais je suis certain de la méfiance qu'il me manifesta. Il ne me croyait pas. Le monde, du reste, avait cessé de lui obéir.

Pour le convaincre, je dus remonter dans notre petit appartement, m'habiller, avant de quitter les lieux, devant lui, pour qu'il me vît descendre l'escalier de l'immeuble.

À peine tranquillisé, mon père consentit le cœur gros à regagner sa chambre au bras de la garde de nuit qui n'avait rien compris à nos échanges.

Ma mère, de son côté, affectée d'une surdité très avancée, continuait de dormir, sans rien soupçonner de cette comédie dérisoire et triste qui venait de se jouer dans la pièce voisine.

Le lendemain, mon père avait tout oublié de l'incident de la nuit…

Mais je pense aujourd'hui que l'hallucination dont il avait été la victime aurait dû être la mienne, si j'avais été dans son état. Comme si j'avais revécu, à l'envers, les craintes qui m'avaient assailli quarante ans plus tôt : Jojo serait-il bien présent à m'attendre sur le quai de la gare Saint-Charles ? Sauf que, cette nuit-là, c'est mon père qui s'affolait, en pleine nuit, face à moi, dans la peur de ne pas être présent pour accueillir son cousin à Paris, gare de Lyon…

Ces échanges, ces échos ou ces peurs, réels ou fantasmés, finissent par se brouiller à la longue, ces ondes sonores ou visuelles, ces fragments d'existences, de souvenirs et de craintes qui interfèrent, se répondent et s'échangent, par-delà les années, les décennies, pour former une sorte de nuée où je finis par me perdre, sans savoir ce que j'ai vécu, observé, imaginé ou affronté, sans trop savoir non plus si mes joies, mes appréhensions étaient réelles ou si je ne les ai pas pour une part aggravées, avec le temps !

*

Je reviens à mon séjour à Marseille et à cet appartement de la rue d'Endoume, peu éclairé, avec un long couloir central au fond duquel les chambres de Jojo et de Monsieur Felipe se faisaient face.

Il devait y avoir une petite salle à manger avec un buffet de style Henri II, mais je crois bien que nous prenions nos repas dans la cuisine.

Je ne sais plus où je dormais. Peut-être sur un divan du salon.

J'aurais dû me sentir mal à l'aise en compagnie de ces deux hommes que je connaissais au fond si mal, surtout le taciturne Monsieur Felipe dont les yeux sombres, aussi sombres que ceux de Jojo étaient clairs, s'enfouissaient sous des sourcils broussailleux, comme pour mieux épier à droite et à gauche, mine de rien.

Mais je n'aurais pas été le seul, dans ce cas.

Jojo et Monsieur Felipe, les premiers, n'avaient pas l'habitude de se retrouver en charge d'un garçon de mon âge. Que faire pour m'être agréable, me distraire ? Et cela me touchait. Je ne voulais pas qu'ils soient gênés par ma présence. Je les sentais si désarmés. Pourquoi me serais-je armé contre eux ? Leur gaucherie à mon égard était la preuve de leur bonne volonté.

Cela, je dus le comprendre alors, par intuition. J'entrepris de les rassurer. Tout allait bien. Tout était parfait. Comme je me sentais heureux d'être auprès d'eux, à Marseille, dans cette ville qu'ils voulaient me faire découvrir !

Et les quatre ou cinq jours que je passai en leur compagnie se déroulèrent sans rien qui pût les assombrir.

Monsieur Felipe devait être de service, dans la journée – mais pour quel service ou quelle mission dans un commissariat pour moi inaccessible ? Il s'éclipsait avant mon réveil.

Jojo, de son côté, avait pris quelques jours de congé.

Nous grimpâmes à Notre-Dame-de-la-Garde. Nous déambulâmes autour du Vieux Port. Il me montra la célèbre Canebière qui me sembla un boulevard assez quelconque, comme on en voit des dizaines à Paris, mais je gardai mes réflexions pour moi.

Un après-midi, nous allâmes nous baigner tout au bout de la rue d'Endoume, ou pas très loin, sur la plage des Catalans…

À l'instant où j'écris ces lignes, Nicole me tend une photo de dix centimètres sur sept qu'elle vient de dénicher dans un album de famille. Pourquoi les tirages standards des photos noir et blanc étaient-ils si minuscules, à cette époque-là ? Je me reconnais à peine, debout, sur un quai du port de Marseille, non pas le Vieux Port mais un bassin du port marchand, en compagnie de Jojo.

Qui a pris la photo ?

Sans doute Monsieur Felipe qui devait par conséquent nous avoir accompagnés ce jour-là.

Nous sommes habillés à l'identique, Jojo et moi, d'un short clair et d'une chemisette blanche, des sandales aux pieds. Jojo se tient les mains derrière le dos, comme s'il ne savait trop quelle posture adopter. Moi-même je baisse la tête, les bras ballants.

Non, je ne me reconnais pas sur ce cliché. Je ne me reconnais jamais sur les photos anciennes ! Ou plutôt, je sais que c'est moi – mais ce moi m'est inconnu. À quoi pense ce garçon ? Que ressent-il ? Derrière nous s'étire une jetée de pierre le long de laquelle sont amarrés un cargo de faible tonnage et un yacht d'une blancheur immaculée. Une promesse d'aventures sans doute. Mais à l'instant de cette prise de vue, tout semble immobile, écrasé sous la chaleur de l'été. On ne distingue personne sur les quais. Il ne se passe rien…

En cet été 1958, la France traversait pourtant une période turbulente. La guerre d'Algérie s'éternisait. Trois mois plus tôt, les pieds-noirs avaient manifesté en masse. Un comité de salut public s'était installé à Alger. La quatrième République était agitée de spasmes insurrectionnels, comme un malade à l'agonie. Son président, René Coty, avait fait appel au général de Gaulle qui n'attendait que ça. Une nouvelle République allait naître. Mon père ne décolérait pas. Mais de tout cela, je mesurais mal les enjeux. Je ne m'arrêtais pas sur les grands titres des journaux, dans les kiosques. Rien, là, qui pût menacer ma vie quotidienne.

Sur cette lilliputienne photo de Jojo et moi sur un quai du port de Marseille, le temps s'est arrêté. Et ce ne sont certainement pas les proclamations, les manifestations, les affrontements, le choc des ambitions et des espoirs contradictoires des hommes politiques et des foules, au loin, inaudibles pour moi, qui allaient le remettre en marche, comme Jojo avait remis en marche, trois ans plus tôt, ma locomotive enfin alimentée par un transformateur en état de fonctionnement.

Suivait-il d'abord les événements politiques ? Comme Monsieur Felipe, au sein de la police ? Jamais ils n'abordèrent ce sujet devant moi. Sans doute parce que ce n'était pas un sujet pour moi. Je n'avais rien à en dire. En matière d'actualité, en cette fin de juillet, me retenait plutôt la première tournée de l'équipe de France de rugby dans l'hémisphère austral, en Afrique du Sud précisément. Et le seul quotidien qu'il m'arrivait de lire, le lundi surtout, c'était *L'Équipe*. Mais le rugby ne devait pas non plus les passionner…

Je m'attarde sur cette photo et je suis perplexe. Est-ce que je m'ennuie ? Jojo me paraît si jeune ! Je ne l'imaginais pas ainsi, le front haut, mince, les cheveux bruns ramenés en arrière sur son crâne. Un bel homme, assurément, mais qui l'ignore, que sa timidité prive de la moindre assurance.

À la fin de mon séjour, les deux amis me raccompagnèrent, gare Saint-Charles, jusqu'au train qui allait filer vers Saint-Raphaël, vers mes parents.

Un soulagement pour eux ?

Ma présence avait dû tout de même égayer Jojo. Une rupture dans la routine de sa vie.

Oui, je suis convaincu qu'il s'était senti heureux d'avoir rendu service à son cousin, mon père, qu'il aimait tant – mais de si loin hélas !

Ils me virent grimper dans mon wagon.

Une formalité pour moi déjà rompu aux voyages en train, seul.

*

Jamais je n'ai soupçonné, à cette époque ni même un peu plus tard, dans mon adolescence, la nature des liens qui unissaient le cousin Jojo et Monsieur Felipe.

Pourquoi me serais-je posé cette question ? Ce n'était pas un sujet pour moi.

Chacun vivait comme il l'entendait. La Méditerranée était d'un bleu de Prusse quand soufflait le mistral, les locomotives électriques remplaçaient peu à peu les locomotives à vapeur et ces deux hommes avaient choisi de ne pas se marier et de vivre ensemble. Telle était la nature singulière des choses et des personnes. Je l'acceptais. Je ne m'y arrêtais pas.

Un peu plus tard, j'ai compris ce qui les attachait l'un à l'autre, quand j'ai retenu ce mot étrange, ignoré pendant si longtemps : l'homosexualité.

Ma mère, un jour, me confia que, jusqu'à son mariage, elle ne savait pas que des hommes pouvaient aimer des hommes et vivre en couple avec eux, que des femmes aussi se liaient parfois l'une à l'autre, pour la vie. Elle était d'une parfaite innocence. Ou du moins, elle croyait qu'elle l'était. Comme moi. Elle était d'un temps, le tout début du XXe siècle, où l'on ne parlait pas de la sexualité, où une jeune fille comme elle, élevée dans le cocon d'un milieu petit-bourgeois catholique, demeurait d'une ignorance ingénue quant aux variantes de l'amour ou du désir, selon la nature ou les penchants des êtres.

Et mon père ?

Il était initié depuis longtemps aux caprices et à la diversité des pulsions érotiques qui habitaient les hommes, comment pourrais-je en douter ? Mais il s'en fichait. Le couple formé par son cousin Jojo et Monsieur Felipe, il le considéra toujours avec bienveillance. Avec un peu d'humour aussi.

Bah ! C'était leur choix. Lui-même avait eu déjà assez de mal à comprendre ce qui s'était joué auprès de lui, dans son enfance, l'étrange vie de couple de ses parents, le rôle de Clarisse auprès de sa mère. À chacun de se dépêtrer dans la vie, auprès des autres, auprès de soi-même, et de tenter d'être heureux !

Pour tout dire, la vie sexuelle, pour lui, relevait du domaine privé. Aucun jugement moral, aucune réprobation sociale ne devaient contrecarrer cela. Il ne me posa jamais la moindre question sur ma vie, mes rencontres, quand j'étais sous leur toit. Il ne me donna aucun conseil non plus. Il n'en parlait pas. C'est tout.

Cette leçon de tolérance – ou de silence – en vaut d'autres. Je l'ai retenue.

Jamais ne lui vint à l'idée que confier un garçon de treize ans à un couple homosexuel pouvait être délicat. Il avait confiance. Il connaissait son cousin.

Mais de l'étrangeté du climat qui régnait rue d'Endoume, de cette proximité des deux hommes que tout semblait opposer, le solaire cousin Jojo aux yeux clairs et l'obscur Monsieur Felipe aux joues et au menton bleutés, de ce bref séjour auprès d'eux, je n'ai retiré qu'une forme de bonheur assez paradoxal, comme tout ce qui se développe dans un climat de mystère, de silence, comme tout ce qui intrigue et attise la curiosité, parce qu'on ne le comprend pas.

*

Mon père aimait Jojo.

Jojo le lui rendit bien.

En 1975, notre appartement que mon père, après la mort de ses parents, avait continué de louer aux mêmes propriétaires ou à leurs héritiers fut mis en vente, comme le reste de l'immeuble, et proposé d'abord aux occupants.

Impossible pour lui d'envisager une telle acquisition. Il n'avait jamais été en mesure, dans sa vie, de mettre le moindre argent de côté. Ce qui n'était pas si grave, à ses yeux. Ne bénéficiait-il pas, quai d'Anjou, d'un loyer protégé ?

Ses amis le mirent en garde.

Ils lui firent observer que les loyers qui s'appliquaient à cette catégorie d'appartements seraient libérés sous peu. Et qui sait si le sien n'allait pas tripler ou quadrupler, au bas mot ? Mon père serait du coup contraint de déménager. À moins que l'acquéreur n'envisageât de l'expulser pour s'installer lui-même dans les lieux. En bref, mon père devait tout faire pour devenir propriétaire de son logement, s'il voulait continuer de vivre là même où il était né, en février 1908.

Très bien, mais comment faire ?

Il négocia avec sa banque ce qu'il pouvait emprunter, selon son âge et ses revenus. C'était peu. Il se résolut à vendre notre villa de La Nartelle, ce point de ralliement de notre famille, l'été, depuis notre première enfance. Un crève-cœur pour lui, pour nous tous. Mais risquer de quitter le quai d'Anjou aurait été pour lui plus déchirant encore. Les parents de Nicole lui prêtèrent de l'argent. Nous aussi, le peu que nous avions mis de côté. Cela serait-il suffisant ?

Il en était là de ses incertitudes lorsque, le 2 octobre 1975, son cousin Jojo mourut, victime d'une leucémie à évolution lente, chez lui, à Marseille. Il avait soixante-neuf ans. Cette disparition bouleversa mon père. Mais, comme d'habitude, il se replia sur son chagrin. Il n'avait pas l'habitude de trahir ses émotions.

Tout le monde, dans notre famille, fut affligé aussi par cette disparition. Je resongeais à mon unique séjour chez lui, rue d'Endoume.

Acheter ou ne pas acheter l'appartement du quai d'Anjou, on cessa un moment d'y penser. Mais une ou deux semaines plus tard, une lettre d'un notaire de Marseille apprit à mon père que Jojo avait fait de lui son unique héritier. Monsieur Felipe était mort quelques années plus tôt.

La somme dont il put disposer désormais, avec l'appui de cet héritage, lui permit in extremis d'acheter l'appartement du quai d'Anjou. Et de continuer à y vivre, jusqu'à ses derniers jours.

Jojo, providentiel une dernière fois, lui qui, dans mon enfance, avait réparé ma locomotive et mon transformateur en un tour de main.

*

Bien sûr, mon père ne savait plus très bien, à la fin de sa vie, où il habitait. Le monde lui était devenu étranger. Devant Nicole et moi, il examinait le piano du salon ou l'armoire malouine de la salle à manger, et il s'écriait :

— Incroyable, c'est comme à la maison !

Il se pensait en croisière. La Seine, devant lui, se transformait en océan. Et dans l'incompréhensible paquebot où il se voyait vivre, seul son salon devenu sa cabine lui semblait familier. Pour une dernière traversée avant le port, avant la mort.

En somme, il affichait devant nous une forme d'incrédulité heureuse.

Cela, et je ne l'oublierai jamais, il le devait pour une part à son cousin Jojo qu'il avait toujours aimé, qui avait enrichi d'un peu de gaieté et de turbulence sa jeunesse solitaire, qui avait connu et sans doute même caressé la chatte Fagonette de mon grand-père et qui, par son testament, lui avait permis de vivre jusqu'à ses derniers jours dans l'appartement du quai d'Anjou où les deux enfants avaient cavalcadé, autrefois, sans se soucier alors des orages de la vie.

6.

Le fil des souvenirs

Surgit en moi l'image d'une femme qui a compté dans ma jeunesse, même si ses apparitions quai d'Anjou étaient rares, tous les trois ou quatre ans, je pense. Et je m'étonne de ne pas avoir songé plus tôt à me la rappeler.

À la convoquer même auprès de l'assiette du chat.

C'est qu'elle avait connu mon père, quai d'Anjou, dans son enfance. Non pas comme une visiteuse occasionnelle, à la façon du cousin Jojo. Non, elle y avait vécu, elle y avait été élevée. Sa mère travaillait pour mes grands-parents, comme domestique. Elle et mon père avaient à peu près le même âge.

Elle se prénommait Odette.

J'ai mis du temps à connaître ou à retenir son nom de famille : Lévêque.

Pour nous, c'était Odette, rien d'autre.

Par la force des choses, elle avait donc côtoyé Fagonette. Sans doute même avait-elle été son amie, l'avait-elle caressée. Lui avait-elle versé du lait dans cette fameuse soucoupe – ou dans une autre.

Le lait, nous y sommes ! L'association s'imposait.

Ma mère m'expliqua un jour qu'Odette avait été comme une sœur de lait pour notre père. Mais qu'est-ce que cela voulait dire, une sœur de lait ? Mon père était fils unique. Il n'avait pas de sœur.

Ma mère m'expliqua que la propre mère d'Odette avait servi aussi de nourrice à mon père. Cela avait créé des liens entre Odette et lui.

Quels liens ?

Les deux enfants, pour s'être nourris au même sein, seraient-ils donc plus ou moins apparentés ?

Odette habitait désormais loin, très loin, en Amérique, au bout du monde.

Sœur de lait ou pas, je ressentais tout de même l'étroitesse des liens qui la rattachaient à nous, à notre famille, à mon père. Elle nous aimait avec tendresse. L'enfant que j'étais avait eu conscience de cela. Mes parents ne cachaient pas non plus le plaisir qu'ils éprouvaient à la retrouver.

Grande et mince, elle avait l'élégance de ces actrices américaines que j'ai admirées par la suite dans les *screwball comedies* des années 30 et 40, comme Carole Lombard, Miriam Hopkins, Claudette Colbert, Barbara Stanwyck, Rosalind Russell ou Katharine Hepburn.

Elle avait les traits fins, le front haut, le regard noir. Elle se déplaçait avec beaucoup d'assurance. Mais je crois qu'elle s'habillait sans aucune fantaisie. À l'abri de ses lunettes, elle me donnait à vrai dire moins l'impression d'une star hollywoodienne (mais je ne connaissais pas encore les stars hollywoodiennes ni, a fortiori, les actrices fétiches de Frank Capra, Ernst Lubitsch, Howard Hawks, Gregory La Cava ou Preston Sturges) que d'une institutrice sévère, avant qu'elle ne nous aperçoive et que son franc sourire n'égaie et ne rajeunisse son visage, au moment où elle me prenait dans ses bras.

Cette présence d'Odette débarquée soudain d'Amérique, en bref, demeurait aussi mystérieuse que son passé quai d'Anjou. À la fois rassurante, chaleureuse et fantomatique. Ses absences aussi étaient incompréhensibles. Mais là, peut-être que je m'abuse, que je réinvente mon enfance…

En vérité, je crois que je ne pensais pas à Odette le plus clair de mon temps. J'étais repris par la routine des travaux et des jeux, des disputes et des repas familiaux – cette forme d'indifférence de l'enfant, qui le préserve d'imaginer ce qui a cessé de lui appartenir, jusqu'à ce que l'annonce du retour d'Odette ne la ressuscitât soudain à mes yeux.

Nous aurions été bien avisés, lors de ses trop rares visites, de tirer l'affaire au clair et de lui demander une fois pour toutes, mon frère, ma sœur et moi, si la soucoupe, l'objet de nos disputes répétées, était bel et bien celle qui avait servi à nourrir l'animal.

Aucun d'entre nous n'y songea.

La preuve que cette soucoupe ne nous obsédait pas plus que ça, qu'elle n'était que le prétexte de nos disputes, dès qu'elle apparaissait le soir sur la table de la cuisine, quand se réveillaient nos vieilles querelles, les arguments de notre classique jeu de société où nous nous affrontions, comme au mistigri, quand il s'agit de refiler à l'autre la carte fatale qu'il ne faut absolument pas conserver dans sa donne. Mais, le repas fini, tout était oublié, tout retombait dans le sommeil ou l'oubli, jusqu'à la prochaine partie.

Non, on n'allait pas ennuyer Odette avec ça, elle qui nous rendait visite si rarement. Nous voulions profiter d'elle, au présent. Nous voulions l'écouter. Ou converser avec elle – et qu'importe s'il ne s'agissait que des banalités qu'un enfant échange avec un adulte, puisqu'elles tricotent de toute façon entre eux cette maille d'une unique et précieuse affection.

*

Je tire à moi ou je rappelle à moi le fil des souvenirs.

Dans le vocabulaire de l'alpinisme, ne parlet-on pas d'une corde de rappel ? Avec son aide, progresser sain et sauf le long d'une paroi rocheuse ou au fond de sa mémoire, n'est-ce pas la même chose ?

Mes souvenirs s'enchaînent sans souci de la chronologie. Ce serait trop simple. Ou trop suspect. Je crois tenir une piste et celle-ci se dérobe. J'emprunte sans le vouloir des chemins de traverse. Mon fil s'entortille, fait des boucles ou revient sur lui-même.

À quelle logique répondent de telles figures ? Quels rapports entretient le cousin Jojo avec l'assiette du chat, ce premier bout du fil que j'ai commencé à extraire sous la surface de ma vie, de mon enfance, de ce lac aux eaux si troubles où je ne peux presque plus rien distinguer ? Lui avait-il jamais prêté la moindre attention ?

Odette, à la rigueur. Oui, là, le lien est plus fort. Il résiste. Avec cette histoire de lait dans la soucoupe et de sœur de lait qui doit l'observer. Un écho. Odette était présente, elle aussi, aux origines de l'affaire. Mais quelle affaire ? Si peu importante, j'insiste, que nous n'avions jamais songé à lui en parler.

Parfois, je me demande si ce qu'il y a de plus éclairant dans cet exercice mental ou cet exercice littéraire – et j'entends par là cet effort de la mémoire qui ne s'accomplit que dans le moment où l'on écrit, comme on siphonne le contenu d'un réservoir qui resterait autrement inaccessible – ne serait pas tant cette lave des souvenirs ainsi remontés à la conscience, que le fil lui-même et ce qu'il dessine au fur et à mesure qu'il se déroule.

*

Pourquoi, au départ, cette assiette du chat m'est-elle revenue à l'esprit ?

Je ne vois qu'une explication.

Le mardi 16 février 2021 est morte notre chatte Zelda, victime d'un cancer des glandes lymphatiques. Elle avait treize ans. Elle était jeune encore. Je voulais du moins le croire. C'est que les chats ne vieillissent pas. Ou si peu. Impeccables jusqu'à leur mort.

Les autres chats à avoir partagé notre vie avaient vécu bien plus longtemps.

Mouchette, la première chatte que j'ai approchée quand j'ai fait la connaissance de Nicole, en 1963, s'est éteinte, avec une élégance silencieuse (que l'on me pardonne cette redondance, existe-t-il des élégances tapageuses ?), dans sa vingt-troisième année. Je les revois toutes les deux, cette année-là, Nicole au fond de sa librairie de la rue Saint-Louis-en-l'Île et Mouchette, une aristocratique demoiselle au pelage tigré, occupée à se prélasser dans la vitrine, sous la chaleur verticale des projecteurs, au risque de marquer de l'empreinte de ses coussinets les fragiles couvertures blanches des Gallimard ou jaune canari des Grasset.

Et que dire de notre robuste Papageno, plus ou moins chartreux et trop intelligent pour être heureux, pensait Nicole, disparu, lui, à l'âge de vingt et un ans ?

Cette habitude des longues vies, la petite Zelda a voulu la rompre. Elle était plus tendre et craintive qu'inventive et intrépide. Peut-être suis-je injuste envers elle. Un éclair d'intelligence a tout de même illuminé son existence.

À l'âge de deux mois à peine, abandonnée dans la plaine qui s'étend entre Cogolin et Grimaud, le 31 décembre 2008, alors que le soir tombait et qu'une pluie fine commençait à brouiller les contours, elle eut l'initiative ou le flair inouï de s'échapper d'un fourré, de dévaler puis d'escalader le fossé qui longeait le chemin désert où nous nous promenions, Nicole et moi, et de se mettre avec la vaillance ou l'énergie du désespoir à nous suivre.

Nous n'eûmes d'autre choix que de la recueillir et de l'adopter après une brève enquête dans le voisinage. Non, personne n'avait perdu de chat, personne ne voulait adopter un chat, aucune mère chatte ne semblait en quête d'un rejeton égaré de sa dernière portée.

Longtemps, nous avons espéré que Zelda serait pour nous, elle aussi, une chatte au long cours, au sens où l'on parle d'une traversée au long cours, la traversée d'une vie, de la sienne et aussi de la nôtre. Elle nous accompagnerait jusqu'à l'approche de notre dernière escale, avant de tirer sa révérence et de nous laisser seuls franchir ensuite la ligne d'arrivée.

Hélas Zelda est morte beaucoup trop tôt.

En nous poursuivant avec une obstination déchirante, celle de la dernière chance, sur un chemin de terre qui commençait à se détremper, entre Cogolin et Grimaud, ce 31 décembre 2008, elle avait tout compris. Nous l'attendions comme elle nous espérait. Un éclair prodigieux d'intelligence de sa part. Elle pouvait désormais se reposer sur ses lauriers.

Mais voilà, après la mort de Zelda blottie ou mieux, recueillie dans les bras de Nicole pour la miséricordieuse et atroce piqûre létale délivrée par le vétérinaire à notre domicile (non, cet appartement, elle n'allait plus le quitter de sa vie, elle n'avait rien à craindre, c'est sa vie qui allait la quitter, quai d'Anjou), étions-nous disposés, le moment venu, à cohabiter avec un nouveau chat, si l'occasion ou l'urgence se présentait ? Nous aurions désormais toutes les chances ou les malchances de laisser derrière nous des chats orphelins, et non le contraire.

L'assiette du chat de mon enfance m'est alors revenue en mémoire : celle d'une époque de ma vie où je vivais sans chat auprès de moi, où je ne savais rien des chats, mais où, pour la première fois, un chat se glissa tout de même dans notre intimité, ou le fantôme d'un chat, l'idée incertaine d'un chat qui avait disparu depuis des décennies. Tout comme le chat du Cheshire qui s'était peu à peu effacé devant Alice jusqu'à ce qu'il ne restât plus de lui que son sourire qui flottait encore dans l'air, ne demeurait de la chatte Fagonette que l'assiette auprès de nous pour attester de sa présence lointaine.

Autrement dit, au moment d'aborder notre dernière escale, celle où nous serions contraints, après la mort de Zelda, de ne plus vivre en présence d'un chat au long cours, j'ai resongé aussi, sans mesurer encore le parallèle, à ce temps de mon enfance, dans ce même appartement, et à cet autre chat, le premier, ou à cette autre absence d'un chat qui avait vécu avant nous, là même où nous grandissions, et qui avait servi de prétexte à nos affrontements, ou plutôt à nos jeux – mais ce n'était pas en ce temps-là un regret ou une douce mélancolie parce que je ne savais pas ce dont j'étais privé.

*

Je croyais que mon père, lors de nos affrontements, ne se souvenait plus de Fagonette. Ou qu'il ne voulait plus en parler – ce qui est parfois la meilleure façon d'effacer ce qui vous embarrasse.

C'est Clarisse, par la suite, qui nous raconta que mon grand-père rentrait parfois tard, le soir, quai d'Anjou. Ses amis l'avaient retenu. Ou bien son travail. Ma grand-mère et son fils ne l'avaient pas attendu pour dîner. Il ne demandait rien. Il gagnait seul la cuisine et se faisait réchauffer son repas. Seule Fagonette était là, pour l'accueillir. Elle sautait sur la table. Elle avait alors tous les droits. Ma grand-mère n'était pas là pour le lui interdire et la chasser. Mon grand-père devait lui tendre quelques morceaux de jambon. Lui et Fagonette faisaient bloc. Et sans doute mon père regrettait-il alors d'avoir été recruté par ma grand-mère dans l'autre camp. Il en souffrait. Il associait Fagonette au côté de son père – ce côté dont il avait été exclu. Lui en tenait-il grief ? Fagonette, sa rivale ? Comme toujours il préférait se taire.

Peut-être ne tenait-il à conserver que des moments heureux de ce temps-là. Ou des moments où il se persuadait qu'il avait été heureux. Les beaux souvenirs sont le plus souvent des souvenirs ombragés dont le souffle du temps a balayé les nuages.

Mais les souvenirs que l'on a effacés peuvent ressurgir soudain. Même des souvenirs inessentiels ou surtout les souvenirs inessentiels qui n'ont rien à voir avec les réminiscences proustiennes, petites madeleines ou autres, qui entrouvrent la porte vers les douteux paradis de l'enfance. Aucune censure ne les a verrouillés.

Pour preuve, cette anecdote liée à Fagonette dont le héros, ou le déclencheur, fut notre chat Papageno à qui il arrivait de se faufiler depuis notre appartement jusqu'au premier étage, là où mes parents continuaient de vivre, dans les années 80. Il profitait d'une porte laissée ouverte au bas de l'escalier. Ma mère l'accueillait avec le sourire. Elle lui parlait. Mon père le tolérait, sans lui dire un mot. Ce qui était une incivilité. Entre voisins, un peu de courtoisie est requise. Papageno, grand seigneur, faisait mine de ne pas s'en formaliser. Pourtant, il aurait été enclin, lui, à engager la conversation.

Un jour, la porte de communication se referma derrière lui. Un courant d'air sans doute. Papageno se retrouva contraint de rester au premier, loin de sa litière. Victime d'un besoin pressant, il dut se soulager dans un coin de l'entrée, près de la porte de communication avec la chambre de mes parents.

Dès la découverte de l'accident, une flaque noirâtre qui avait assombri le parquet, Nicole entreprit de désinfecter les lattes puis de passer un peu de cire…

Mon père débarqua à ce moment-là.

Nicole lui expliqua ce qui s'était passé, alors que Papageno, pas trop fier de lui, avait jugé prudent de prendre la tangente, estimant que son indice de popularité auprès du maître des lieux risquait de ne pas grimper en flèche.

Il se trompait.

Mon père ne dit rien puis ébaucha une drôle de grimace, ou mieux un sourire qui semblait venir de loin.

— C'est là exactement, dit-il à Nicole, que Fagonette s'oubliait, de temps à autre, autrefois.

Comme si Papageno, trois quarts de siècle plus tard au bas mot, avait été aimanté vers le même coin de l'entrée, pour des raisons qui nous demeurent incompréhensibles !

Ma mère avait manifesté un peu trop d'assurance, dans mon enfance, quand elle nous affirmait que l'assiette du chat avait été lavée des milliers et des milliers de fois et qu'il ne subsistait aucune trace, aucune odeur de Fagonette qui lapait son lait dedans. Et l'odeur de son urine alors ? Elle avait bien persisté dans l'entrée en dépit des couches et des couches d'encaustique qui avaient servi à entretenir et à faire briller le parquet, pendant un temps encore plus long.

À moins qu'il n'ait régné là, dans le coin de cette pièce, une conjonction d'ondes propices ou néfastes qu'avait ressentie Papageno bien après Fagonette, adeptes tous les deux du feng shui chinois, cette discipline qui s'efforce de repérer, d'harmoniser ou de combattre l'énergie vitale d'un lieu…

Mon père n'en dit pas plus, ce jour-là. Sans doute ne se souvenait-il de rien d'autre. Juste cet éclat de mémoire réactivé par le comportement de Papageno. Mais ce ressurgissement de Fagonette me frappa tout de même comme une forme de connivence entre les deux chats, à trois quarts de siècle de distance, tous deux accordés à ces mêmes ondes que nous autres, pitoyables humains, demeurons incapables de capter.

7.

Ce que savait Clarisse

Clarisse resta, sa vie durant, ma seule source d'information, susceptible d'éclairer ce passé que nous n'avions pas vécu, de redonner une apparence de vie aux fantômes de cet appartement dont nous étions désormais les occupants mais où ils avaient autrefois régné et s'étaient affrontés.

Jamais, dans mon enfance et mon adolescence, elle ne s'est dérobée à mes questions. Trop heureuse de me faire partager ces temps bénis où ma grand-mère était de ce monde. Mais elle était si bienveillante ou si *innocente*, et j'entends par là qu'elle considérait a priori comme innocents tous ceux qu'elle pouvait connaître, qu'elle excusait tout, éclairait tout d'une systématique indulgence.

Bien entendu, elle était devenue trop chrétienne, après la mort de ma grand-mère, pour ignorer la présence du Mal. Catholique et française par sa mère, Clarisse était juive par son père, je l'ai dit. Ce qui fut pour elle, je ne peux en douter, une façon de mieux ressentir encore, dans sa chair ou par la longue mémoire culturelle ou spirituelle de ses ancêtres, ce qu'avaient été la vraie nature de l'hitlérisme et son projet de réduire un peuple en cendres – le peuple de la Bible et de la Révélation, qui était aussi le sien.

Mais ce Mal qui l'oppressait et la torturait portait une majuscule, et comme toutes les majuscules, il se dissipait dès lors que Clarisse se trouvait face à un être humain, quel qu'il fût, qui portait en lui la flamme d'une présence divine. Cette flamme restait-elle une veilleuse perdue au milieu des ténèbres insondables de son âme ? Qu'importe ! Cette seule veilleuse retenait son attention et justifiait qu'elle se penchât sur elle.

Jamais de ma vie, je n'ai entendu Clarisse dire du mal de quelqu'un, parmi ses proches, son entourage, le nôtre, ses collègues, tout le monde. À chaque comportement dont elle avait connaissance ou dont nous lui parlions, aurait-il été le plus révoltant, elle cherchait des excuses.

Pour tout dire, les ombres qui se tapissent en chacun de nous, elle ne les soupçonnait pas ou ne voulait pas les retenir. Ces noirceurs se diluaient sous le rayonnement de son indulgence ou, mieux, de sa charité qui n'est que l'autre nom de l'amour. Ou bien, devant nous, elle les recouvrait du manteau miséricordieux du silence.

Les portraits qu'elle nous faisait des membres de notre famille, des sœurs et du frère de notre grand-mère disparus bien avant notre naissance, afin de donner vie et mouvement, par la grâce du vent ou le souffle du langage, au feuillage de l'arbre généalogique qu'elle avait reconstitué à notre demande, n'étaient pas pour autant d'une gentillesse ou d'une fadeur décourageantes. Tout au contraire, Clarisse savait se montrer malicieuse. Elle dégageait avec vivacité les caractères de chacun, les péripéties de sa vie, ses idées fixes, ses ambitions, derrière lesquelles elle laissait même deviner quelques travers. Mais ce n'était qu'un infime grisé pour donner plus de relief ou de présence à la personne qu'elle évoquait. Rien de plus.

Ou alors, elle se taisait.

Je l'ai déjà souligné, elle ne nous avait rien dit de ce mystérieux Monsieur Pautal, le père de Jojo. Un infâme séducteur ? Un bigame qui avait préféré plaquer femme et enfant avant de s'installer dans un autre foyer ?

De notre côté, mon frère, ma sœur et moi n'avons jamais poussé Clarisse dans ses retranchements. Nous n'y songions pas. Sans doute n'étions-nous pas assez curieux, avions-nous assez à faire avec notre propre découverte du monde pour ne pas nous encombrer de vaines recherches sur des personnages disparus, enfouis loin, très loin, dans les replis d'une histoire achevée avant que la nôtre ne commençât.

Il y avait peut-être aussi une autre raison.

Clarisse était un conteur d'exception. Elle aimait, auprès de nous, s'épancher, revenir sur son passé, sur l'enfance de mon père. Ses récits prenaient une telle vie qu'ils se suffisaient à eux-mêmes. Elle savait rythmer ses propos, aiguiser nos attentes. Ses images étaient surprenantes. Ses commentaires d'une drôlerie inattendue. Au fond, la seule personne dont elle acceptait de se moquer, c'était elle-même.

J'enviais ses élèves du collège Sophie-Germain et comprenais sans mal la fidélité que celles-ci lui marquèrent, par la suite.

Ses amies surtout, ses anciennes collègues, qui avaient choisi de s'installer par la suite en Nouvelle-Zélande ou en Australie, au pays de Galles ou en Écosse, qu'elle avait connues au cours de ses études, de ses séjours de perfectionnement, l'été, en Angleterre, et qui ne manquèrent jamais, leur vie durant, de lui manifester la plus affectueuse des fidélités, lui inspiraient, à notre intention, des portraits hauts en couleur, truculents et généreux.

Ces femmes devenaient des personnages de roman. Nous étions réduits, nous qui étions suspendus aux récits de Clarisse, à vivre leur vie par procuration, à les *imaginer*. Leurs noms nous devenaient familiers, Miss Hogg ou Mrs Wallis, comme des héroïnes de George Eliot et Jane Austen – mais cela, je ne le savais pas encore. Et nous partagions leurs amours souvent inaccomplies ou malheureuses, les pesanteurs sociales qu'elles subissaient ou la sincérité douloureuse de leurs passions…

En janvier 1974, j'ai tenu, un dimanche après-midi, à l'enregistrer sur une mini-cassette alors qu'elle me racontait ainsi la vie de deux de ses proches qui avaient, je crois, enseigné comme elle à Sophie-Germain. Leurs aventures, leurs déceptions amoureuses, les trahisons dont elles avaient été les victimes, tout devenait avec elle si intensément romanesque.

Clarisse avait quatre-vingt-cinq ans.

Je l'aurais écoutée des heures et des heures durant. Il me reste cette pauvre cassette. Mais est-elle encore audible ? Il va falloir que je la numérise. Les bandes magnétiques s'effacent à la longue, les sons enregistrés deviennent une bouillie sonore. Comme nos souvenirs.

*

Il arrive, la plupart du temps, que les yeux se dessillent, que les passions amoureuses s'émoussent et que l'être adoré cesse d'être une idole pour redevenir un être humain encombré de ses médiocrités.

Pour Clarisse, ce ne fut jamais le cas. Quand ma grand-mère mourut d'une attaque, le 30 janvier

1933, à l'âge de cinquante-neuf ans, elle avait conservé, aux yeux de Clarisse, son prestige et sa perfection. Tout ce qui la rendait digne, en somme, d'être aimée. Et, par conséquent, d'être servie.

Son amour pour elle continua de se déverser sans compter sur ceux qui lui avaient succédé, qui la prolongeaient : son fils, la femme qu'il épousa, puis leurs enfants.

Cet amour m'a marqué pour la vie.

Comment, par conséquent, faire violence à Clarisse ? Comment la questionner, la pousser dans ses retranchements ? J'en ai toujours été incapable.

Mais j'ai appris aussi que l'amour peut se révéler la plus terrible source d'aveuglement. Celui qui refuse de voir le Mal autour de lui, que voit-il au juste ?

Que savait précisément Clarisse ?

Ou plutôt, que ne savait-elle pas ?

Aujourd'hui seulement, je m'interroge, alors que je retrouve devant moi l'assiette du chat et que réapparaît le souvenir d'Odette, seul témoin, avec elle, de ce temps où la chatte Fagonette plongeait avec entrain son museau au fond de la fameuse soucoupe.

Odette était une enfant à cette époque. Comme mon père. « Sa sœur de lait » ou « comme sa sœur de lait », nous expliquait donc notre mère – ce qui, dans les deux cas, révélait une étroite proximité, alors que la chatte Fagonette lapait un autre lait, elle, au fond de sa soucoupe…

Clarisse avait toujours aimé Odette avec la tendresse dont elle était capable – et cette tendresse était immense. La revoir, après la guerre, dans les années 50 et 60, quand Odette entreprenait ses trop rares et onéreux voyages de New York vers la France et le quai d'Anjou, était une fête.

Selon Clarisse qui voulait répondre à mes questions d'enfant, Odette et la présence d'Odette auprès de nous prouvaient la générosité et la charité de mes grands-parents, de ma grand-mère en particulier, à l'égard de cette enfant qu'ils avaient contribué à élever. Elle en parlait presque les larmes aux yeux. Clarisse, il est vrai, pleurait facilement, non sur son sort, elle n'y songeait même pas, elle acceptait sa vie, ses joies et ses souffrances, mais sur les autres, sur ceux dont elle ressentait la peine, le chagrin ou la grandeur d'âme.

La mère d'Odette, qui avait donc servi de nourrice à mon père, l'avait allaité, avait travaillé comme domestique pour mes grands-parents tout juste mariés, en 1906, quai d'Anjou et qui logeait dans une chambre du sixième et dernier étage – chambre que j'ai du reste occupée à mon tour, une soixantaine d'années plus tard, alors que j'étais étudiant et que mon frère aîné, jeune marié, venait de « privatiser » à son intention, pour un temps, le demi-étage de l'appartement familial –, s'était retrouvée enceinte. Et Odette dut naître en 1907, quelques mois avant mon père.

Je pense à cette notation de Stendhal dans ses *Souvenirs d'égotisme* :

« Un jour, les huit ou dix nièces de Mme de Montcertin lui demandèrent ce que c'était que l'amour ; elle répondit :

“C'est une vilaine chose sale, dont on accuse quelquefois les femmes de chambre, et quand elles en sont convaincues, on les chasse.” »

J'ignore qui était Mme de Montcertin, ses liens éventuels avec l'écrivain. Les stendhaliens – les beylistes plutôt – seraient sans doute en mesure de me répondre. Mes grands-parents, de toute façon, ne s'étaient pas inspirés des propos ou de l'exemple de cette dame. Non seulement, m'apprit Clarisse, ils ne songèrent pas à la renvoyer mais ils s'occupèrent d'elle, durant sa grossesse. Il est même fort probable que mon grand-père, gynécologue et obstétricien, l'aidât, quai d'Anjou, à mettre au monde son enfant.

Quand Odette, élevée quai d'Anjou, grandit, ils lui trouvèrent (à quel âge au juste ?) une place dans un pensionnat pour poursuivre ses études.

Que devint sa mère ? Je l'ignore. Je ne crois pas que Clarisse me donnât beaucoup de détails à son sujet. Resta-t-elle longtemps au service de mes grands-parents ?

Et pourquoi éloigner aussi vite la petite fille dans un pensionnat dont mes grands-parents durent régler l'essentiel des frais, même si Odette bénéficia par la suite de bourses pour ses études ?

Clarisse m'expliqua que ma grand-mère redoutait peut-être que se nouât entre les deux enfants une trop grande intimité. Et si son fils chéri, plus tard, se piquait de tomber amoureux d'Odette ? Un mariage à venir entre eux, une telle mésalliance entre lui et la fille d'une femme de chambre, d'une fille-mère de surcroît, elle ne tenait pas à la favoriser.

Je n'ai, encore une fois, jamais poussé Clarisse dans ses retranchements. Elle était sincère. Cela me suffisait. Elle ne tenait pas à en savoir plus. Moi non plus. Du reste, je n'imaginais rien d'autre. Et Odette, à mes yeux, fut d'abord cette enfant dont nous savions qu'elle avait été élevée par mes grands-parents, Odette reconnaissante envers notre famille, Odette qui nous aima avec tendresse.

Ce que savait Clarisse devint en bref ce qu'il me suffisait de savoir.

Et tout était bien comme ça.

8.

Odette

Ses études, Odette ne les poursuivit pas assez longtemps pour décrocher les diplômes qui lui auraient assuré une carrière dans l'enseignement public, comparable à celle que menaient ma grand-mère et Clarisse.

Il se peut que la jeune fille ait souhaité devenir indépendante au plus vite ou rester le moins longtemps possible à la charge de mes grands-parents. Sa mère, qu'était-elle devenue ?

Les épreuves, les joies ou les chagrins de son enfance, de sa jeunesse, me demeurent inconnus. Depuis la mort de Clarisse, personne n'a été en mesure de m'apporter le moindre éclaircissement à leur sujet. Je n'ai pas le souvenir qu'Odette en ait jamais parlé devant moi, lors de ses trop rares visites.

Ce ne fut pas non plus un sujet de conversation entre nous, en famille, dans ma jeunesse.

Une conversation, du reste, entre qui et qui ? Entre mon père qui cadenassait la plupart de ses souvenirs et ma mère soucieuse d'abord de son mari, de ses enfants et que le passé n'intéressait pas plus que ça ?

D'après Clarisse toujours, Odette travailla un temps comme préceptrice pour les enfants d'une ou de plusieurs familles françaises, en Afrique du Nord. Puis elle s'embarqua, vers la fin des années 30, pour les États-Unis. Elle trouva un emploi de professeur de français dans un collège de jeunes filles, à Washington puis à New York où elle allait s'établir.

Odette écrivit sans doute à mon père, après la mort de ses parents, en 1933, à quelques semaines d'intervalle. Elle dut regagner Paris pour assister à leurs obsèques. Seul un cas de force majeure l'en aurait empêchée. Elle resta en contact avec son « frère de lait », elle lui donna de ses nouvelles, se préoccupa de lui, de son travail, de son mariage, de son premier fils, Philippe, né en 1937. Mais aucune de ses lettres n'a été conservée.

Odette entretint aussi une correspondance avec Clarisse mais également avec le frère de Clarisse, Abel, qu'elle appréciait.

De celui-ci, j'ai gardé le souvenir d'un homme un peu lunaire, d'une bienveillance et d'une courtoisie surannées, avec des formules alambiquées qui me faisaient sourire. Il s'était installé avec sa femme, une Russe hypocondriaque, toujours alitée sous un prétexte ou un autre, toujours à larmoyer sur son sort, chez Clarisse, rue Saint-Paul. Le couple vivait à ses crochets. Le plus clair de son temps, Abel le passait en compagnie de poètes néo-parnassiens qui usinaient, comme lui, des alexandrins d'inspiration bucolique ou mythologique à la métrique et à la platitude irréprochables. Pour gagner un peu d'argent, il s'acquittait de temps à autre d'une besogne de documentaliste pour des universitaires ou des chercheurs. Odette lui avait servi à une époque de correspondante ou de sous-traitante pour recopier je ne sais quel type de document dont il avait eu besoin, à la Bibliothèque du Congrès, à Washington…

Très certainement, la poursuite, par mon père, de sa collaboration au *Petit Parisien*, sous l'Occupation, avait dû inquiéter Odette. Mais que savait-elle au juste, que pensait-elle de ce qui se déroulait en Europe, surtout après 1942, l'entrée en guerre des États-Unis et la rupture des liens entre la France et son pays d'adoption ?

Des années de captivité de mon père, en revanche, après la guerre, elle avait été avertie. Mais que pouvait-elle faire pour lui, si loin de lui, elle qui l'aimait comme un frère et qui continuait d'enseigner à Manhattan ?

Lui reprocha-t-elle son imprudence ou son absence de jugement ?

Odette ne s'était jamais mariée. Elle tenait à préserver son indépendance. Elle vivait seule. C'était son choix. Et je ne saurais jamais rien de sa vie intime et sentimentale, de ses aspirations, ses rejets, ses méfiances, ses chagrins ou ses déceptions.

Elle fit de courts séjours en France, après la guerre. À cinq ou six reprises. Mais elle ne restait jamais longtemps. Elle débarquait en coup de vent. Le vent d'Amérique, le vent des grands espaces. Et il y avait là comme une contradiction, à mes yeux, entre ce continent d'où elle venait, ce lieu de toutes les aventures, de toutes les réussites, de tous les records, où soufflait le progrès qui soulevait aussi le sable et la poussière du désert, contre lesquels luttaient les cowboys des westerns dont j'ai raffolé dès que je fus en âge d'aller au cinéma, une contradiction, oui, avec cette femme si mince, si élancée, si... française surtout, qui m'embrassait, me cajolait, avec laquelle je nouais des liens d'affection, de tendresse, d'intimité, de proximité que je m'expliquais mal, avant qu'elle ne disparût aussi vite, présence si forte puis si faible, évanouie de l'autre côté de l'Atlantique, nulle part.

*

Elle se rappelait toutefois à nous, une ou deux fois par an, à la fin des années 40, au début des années 50, par l'envoi de ce que nous appelions les « colis d'Amérique ». Un événement qu'elle nous annonçait par courrier, pour éveiller notre attente, préparer notre joie.

À quelle heure de quel jour le facteur se présenterait-il avec ce volumineux et si lourd paquet soigneusement ficelé et marbré d'un nombre incalculable d'étiquettes douanières et administratives, de timbres et de mentions diverses, en anglais, ce qui ajoutait à leur prestige ou plutôt à leur *autorité* ?

Il finissait enfin par être livré.

Ma mère le posait sur la table de la salle à manger, avec mille précautions.

Elle prenait son temps.

Comme si nous avions le temps !

Elle dénouait avec soin les ficelles. Une paire de ciseaux aurait réglé l'affaire en moins de deux. Mais une ficelle, c'était précieux. Ça pouvait toujours servir. Ce colis ne lui faisait pas perdre son sang-froid.

C'était un temps qui relèverait aujourd'hui pour beaucoup de l'âge de pierre, où l'on ne jetait rien, où l'on entreposait dans des placards des bouts de ficelle, des rubans, des papiers d'emballage, des boutons retirés des chemises hors d'usage, on ne sait jamais. Un temps où l'on reprisait les chaussettes à l'aide d'un œuf en bois que l'on glissait dedans pour mieux tendre le tissu… Et même le frère aîné de ma mère, devenu pourtant un avocat prospère, retournait une enveloppe usagée avant d'y glisser un billet de banque pour nos étrennes – mais sa radinerie, il est vrai, était sans bornes.

Le colis d'Amérique, le colis d'Odette, se confond pour moi avec un autre colis d'Amérique que nous expédiait aussi, de temps à autre, le jeune frère de ma mère, notre oncle Jean Desnoyer qui, à peine libéré d'un oflag où il avait été détenu le temps des hostilités, s'était embarqué pour les États-Unis avec sa jeune épouse, en 1945, la paix tout juste revenue. Un emploi l'attendait à New York dans une banque franco-américaine. Il s'y fixerait pour la vie, il aurait six enfants et deviendrait sans tarder un parfait citoyen américain. Ma mère l'aima dans son enfance de toute sa tendresse protectrice. Jean, pour elle, c'était son petit frère, et elle l'avant-dernière d'une fratrie de six enfants. Ils avaient toujours fait bloc.

Depuis New York et sa statue de la Liberté, cette ville d'abondance, de gratte-ciel, de grosses voitures et de prospérité, Odette et l'oncle Jean pensaient donc à nous, aux difficultés que rencontraient mes parents mais surtout aux difficultés de l'époque dont mon frère et ma sœur ont gardé un souvenir plus précis que moi.

Les tickets de rationnement, dont l'usage se poursuivit jusqu'à la fin de l'année 1949, je les ai connus mais je les ai oubliés. Pourtant, je ressens encore ce climat d'excitation qui régnait pour nous tous, autour de ces colis qui me paraissaient si profonds, si secrets, dont on s'apprêtait à retirer des trésors inépuisables, comme d'une caverne d'Ali Baba.

En vérité, ma fébrilité venait surtout de l'attente.

Ma mère dégageait chaque objet de la sciure ou des pelures de bois chargées de les protéger, d'amortir les chocs, un peu comme un chercheur d'or débarrasse une pépite de la gangue pierreuse qui l'enserre.

Mais où se nichait la pépite ?

Je m'en rendais compte peu à peu, le contenu de ces colis demeurait *ordinaire*.

J'attendais autre chose. Ou plutôt, j'espérais ce que je n'attendais pas.

Oserais-je dire que j'étais déçu ? Ce qui est prévisible vous afflige, c'est tout.

Ces colis contenaient pour l'essentiel des produits de première nécessité. Qu'est-ce que j'en avais à faire, moi, des produits de première nécessité ? Je ne manquais de rien. Ou je ne souffrais de rien. J'aspirais plutôt à ce qui ne m'était pas nécessaire. Aux produits de dernière nécessité ou sans nécessité aucune. Au bonheur de l'inutile, au luxe, à l'extravagance, au saugrenu. À quelque chose d'américain en somme, que je n'imaginais même pas. L'inattendu, c'est cela, ce que l'on ne peut même pas concevoir !

Ma sœur se souvient d'une toile blanche, légère et d'une solidité à toute épreuve, une toile de parachute paraît-il, qui aurait pu servir pour coudre des chemisiers ou être utilisée comme nappe.

Très peu pour moi !

Un vrai parachute, en revanche, pourquoi pas ?

Ma mère y puisait aussi des conserves, des articles de mercerie. Les boîtes de biscuits, les confiseries m'intéressaient davantage. Dans des coffrets rutilants s'alignaient des petits mamelons meringués et nappés de chocolat, que l'on appelait des tétons de négresse. Qui oserait aujourd'hui les nommer de la sorte ?

Je ne crois pas, au fond, que ces colis d'Amérique dont le contenu n'avait rien d'extraordinaire aient changé quoi que ce soit non plus à notre ordinaire, mais cela n'avait aucune importance. J'oubliais la déception qu'ils m'avaient causée pour guetter avec plus d'impatience encore le prochain envoi – mais quand ? Dans six mois, dans un an ? Cette fois-là, ça serait le bon.

J'étais, sans le savoir, comme un prospecteur qui s'apprête à arpenter une nouvelle concession, dans l'espoir de dénicher enfin le filon aurifère et de devenir millionnaire. C'était un rêve bien sûr. Un rêve venu d'Amérique. J'avais dû voir au cinéma *La Ruée vers l'or* de Chaplin. Les colis aussi venaient d'Amérique. Il ne m'était pas interdit de rêver.

*

Ces colis d'Amérique, pour tout dire, ont marqué mon enfance. Et même s'ils me décevaient, je n'en tenais pas rigueur à ceux qui nous les avaient adressés, mon oncle Jean et Odette tout d'abord qui venait si rarement nous voir.

Pour avoir pris cette peine de rassembler ces vêtements, ces coupons de tissus, ces boîtes de café, ces conserves, ces confiseries, d'avoir tout disposé et calé dans le carton d'emballage et noué avec tant de soin ces satanées ficelles, ils devaient nous aimer et se soucier de nous.

Ils ne pouvaient être que de notre famille.

L'Amérique les associe.

Du reste, Odette et l'oncle Jean se connaissaient, s'estimaient, savaient ce qui les attachait à nous, même s'ils ne se fréquentaient guère.

Odette habitait un appartement de deux pièces dans un logement du bas de Manhattan. Jean et sa famille avaient fait l'acquisition d'une maison à Larchmont, un village situé sur la bande littorale de Long Island, à une trentaine de kilomètres de New York.

Au tout début des années 60, ma sœur séjourna pour l'été dans une université d'Alabama et, sur le chemin du retour, fit étape chez notre oncle. Bien entendu, elle se rendit aussi chez Odette. Elle se souvient de son logement soigné et « cosy », comme disent les Anglais, celui d'une vieille fille (comme je déteste cette expression, surtout pour elle !) qui allait bientôt prendre sa retraite d'enseignante.

Isabelle avait tenu à les embrasser, eux, les expéditeurs des inoubliables colis d'Amérique.

*

Au tout début des années 50, alors qu'elle venait de débarquer de New York, Odette m'avait serré dans ses bras avant de prononcer cette phrase que je n'ai jamais oubliée : « Tu es si mignon qu'on aimerait te manger à la croque-au-sel. »

Quel âge avais-je ? Cinq ou six ans, guère plus.

Bien entendu, elle disait ça pour rire. Tout de même, ce qui m'avait chiffonné, c'était la fin de la phrase, cette précision à vous mettre la puce ou l'inquiétude à l'oreille : me manger à la croque-au-sel. On entrait là dans le technique, le gastronomique, l'irréfutable. Ce qui me dépassait. Je n'ai jamais su du reste quel était la base de cette recette.

Je n'osais faire part de mes inquiétudes ou de mes perplexités à mon frère ou ma sœur, ils m'auraient ri au nez. N'empêche, cette croque-au-sel m'est restée pour la vie en travers du gosier.

Comme je n'ai jamais oublié Odette.

Elle faisait partie de la famille, aucun doute. De nos proches, de nos très proches. L'affaire était entendue. Mais qu'est-ce que je devais entendre au juste par là ?

L'expression « sœur de lait de mon père » ne m'était d'aucun secours.

Odette, une pauvre orpheline (ou peu s'en faut) recueillie par mes grands-parents ? Peut-être. Clarisse me l'avait expliqué. Mais est-ce que cela ne faisait pas un peu trop romanesque ou mélodramatique ? Un cliché – et donc un mensonge ?

À vrai dire, je n'entendais rien parce que je ne tendais pas l'oreille, que je ne cherchais pas à percevoir ni à retenir ce qu'on laissait peut-être sous-entendre ou qu'on ne disait même pas... Mais les silences ne possèdent-ils pas tout de même une incomparable force de suggestion ?

Cette incuriosité me frappe – cette incuriosité qui m'a poursuivi longtemps, jusqu'à l'âge adulte.

Odette était de la famille – ou tout comme.

Une sœur de lait ou plus qu'une sœur de lait de mon père ? Et qui se penchait, comme mon père, sur la soucoupe de lait de Fagonette ? La belle affaire !

Je l'aimais, je l'avais aimée, voilà tout !

*

Cette incuriosité, je me l'explique pour une part aujourd'hui par la présence de mes parents qui vécurent jusqu'à leur mort, en 1995 et 1998, à l'étage au-dessous du nôtre. Ils protégeaient leur passé, leur vie, leurs sentiments, leurs joies ou leurs rancœurs avec une pudeur extrême. Mon père surtout, marqué par ses années de prison dont il refusait de parler, de se justifier et de se plaindre.

Ce passé leur appartenait. Pas à moi.

Dès que je me mis à écrire, à publier des romans, ils redoutèrent de ma part telle ou telle indiscrétion à leur égard. Et si j'allais me mettre à déterrer des cadavres – mais quels cadavres ? À révéler la somme des petitesses, des lâchetés, des aveuglements qui sont le lot de toute vie, comme les élans de générosité, d'altruisme ou d'amour qui l'ennoblissent aussi ? À évoquer les années de prison de mon père, d'abord et surtout ?

Ils n'avaient rien à craindre.

J'espère qu'ils le comprirent assez vite et se sentirent tranquillisés. Nous ne parlâmes jamais de cela, entre nous. Ni eux pour me mettre en garde. Ni moi pour les rassurer. Leur passé, je le leur laissais. J'avais assez à faire, dans mes premiers livres, avec ma vie, mes émotions, mes recherches, mon imagination surtout.

Écrire, de toute façon, ne justifie jamais, à mes yeux, que l'on blesse des gens à cette fin, histoire de se mettre en avant, de briller, d'afficher son courage ou sa lucidité. Une telle hardiesse ne trahit le plus souvent qu'un penchant à l'exhibitionnisme, beaucoup de lâcheté ou de faiblesse. L'imprécation est trop facile. La posture la plus paresseuse du tribun.

Mais on finit tôt ou tard par devenir orphelin. On se permet d'ouvrir les portes dérobées, sans risquer cette fois d'importuner qui que ce soit. Les morts ne se réveillent jamais. Leurs chambres sont vides. À nous de les repeupler, si le besoin ou la nécessité nous en prend.

La disparition de mes parents a libéré ce qui, dans leur passé, avait pu jouer un rôle pour moi, pour mes années d'apprentissage. Et j'avais peut-être tout à comprendre ou à formuler, enfin, de ce que je fus, de ce que je suis.

Mais de cette curiosité ou, pour le dire avec plus de gravité (mais que l'on n'y voie surtout aucune prétention !), de cette *recherche* qui m'a entraîné à écrire certains de mes livres, après leurs morts, Odette avait été exclue. C'est qu'elle m'avait semblé alors trop en retrait de ma vie familiale ou plutôt de ma lointaine mémoire familiale.

J'avais eu tort.

*

Comment diable cette idée-là ne m'était-elle pas encore venue à l'esprit ? Elle s'imposait pourtant. Elle a fini tout de même par se faufiler jusqu'à moi, à patte de velours, de façon presque insidieuse, à la faveur de l'assiette du chat.

Cette idée, je la soupçonnais sans doute depuis longtemps, je tournais autour. Peut-être était-elle aveuglante. Mais ce qui aveugle, par définition, n'est-ce pas ce qui ne doit pas être vu ni distingué ?

Odette, la sœur de lait de mon père ?

Allons donc !

Odette, la sœur de sang ou la demi-sœur de mon père, voilà !

Et, dès lors, tout s'expliquait.

Bien entendu, je ne saurais jamais ce qui avait pu se passer, dans quelles circonstances mon grand-père se serait retrouvé père de l'enfant qu'attendait son employée de maison.

L'avait-il séduite ? Était-elle séduisante ? Une intrigante ou une pauvre fille qui n'osait résister aux avances et à l'autorité du maître de maison ?

On peut toujours s'amuser à relire les romans de Paul Bourget ou, mieux, le féroce *Journal d'une femme de chambre* d'Octave Mirbeau qui venait de paraître quand Odette naquit.

Aucun des deux n'avait épargné, dans ses pages, ces bourgeois qui soulageaient leur libido entre les maisons closes et les amours ancillaires, loin de leurs épouses frigides, tandis que leurs héritiers boutonneux et impatients se déniaisaient avec des domestiques plus résignées que consentantes.

Tout cela, né d'une réalité sociale affligeante, relève sans doute des poncifs mélodramatiques ou des lieux communs romanesques du temps, j'en suis conscient. Mais comment y échapper ? Et d'abord, qu'est-ce qu'un lieu commun sinon un lieu que beaucoup de gens fréquentent ? Pourquoi pas mon grand-père, à son tour ?

Pourtant, j'ai du mal à confondre le docteur Vitoux, âgé de quarante-quatre ans et gynécologue de surcroît, tout juste marié, avec le personnage d'un puceau maladroit dans les bras d'une cuisinière ou d'une femme de ménage qu'il a retrouvée furtivement dans sa chambre du sixième étage, sa chambre de bonne, de bonne à tout faire, c'est le cas de le dire, et qui ne soupçonne pas un instant les conséquences de ses cabrioles sexuelles. Ou bien avec un bourgeois grisonnant et congestionné à qui sa vieille épouse refuse désormais son lit.

Non, le docteur Vitoux était à la fois un homme mûr et un jeune marié. Bientôt, sa femme attendrait un enfant. Cela ne collait pas.

L'âme n'est chaude que de son mystère, écrivait Céline. L'âme de mon grand-père est brûlante, sillonnée aussi de contradictions. Pourtant, elle ne me réchauffe pas. Elle m'inquiète au contraire. Me serais-je bien entendu avec lui, comme s'en persuadait mon père ? Je n'en sais rien.

Je dois donc m'en tenir à ce que j'ai appris… ou déduit. À ce qui me paraît vraisemblable. Rien de plus.

Pour une raison ou pour une autre, le docteur Georges Vitoux s'est senti en charge de l'enfant qui venait de naître. Il est parvenu à en convaincre sa femme.

Odette a d'abord été élevée dans leur foyer. Et sa mère, du coup, pouvait avoir servi de nourrice à mon père, peu après.

Comment expliquer cependant, sans un lien aussi fort que la paternité, l'attachement de mes grands-parents, de mon grand-père surtout, pour la petite fille ? Ils veillèrent à son éducation. Et cela excédait de beaucoup le seul élan charitable que l'on peut éprouver pour une domestique qui se retrouve enceinte et que l'on tient à secourir. De fait, ils se sentirent bel et bien responsables de l'enfant.

Pour mes grands-parents, Odette fit toujours partie de la famille.

Bien sûr, ils l'éloignèrent du quai d'Anjou par la suite. Ils ne tenaient pas à ce que se nouât entre les deux enfants un attachement trop vif, voire plus tard, qui sait, l'idée d'un mariage.

Aurait-ce été une mésalliance, comme s'en persuadait Clarisse ? J'ai du mal à le croire. Ce préjugé s'accorde mal avec ce que je sais d'eux.

Il y avait une autre raison. Autrement décisive.

Il y avait ce secret que personne, peut-être, sinon mes seuls grands-parents, ne partageait alors : les liens de consanguinité entre Odette et mon père. Un demi-frère n'épouse pas sa demi-sœur. Et tout était dit ! Mieux valait les séparer, eux qui ignoraient (sans doute) ce qui les attachait l'un à l'autre.

Dès lors se clarifient les rapports qu'entretinrent mes grands-parents entre eux, cette barrière que dressa si vite ma grand-mère entre son mari et elle.

Pas question pour le couple de se séparer ! Henriette Vitoux préféra un divorce qui n'en était pas un, qui respectait les apparences, mais surtout, et c'est là l'essentiel, l'unité familiale dans laquelle, pour son bien-être, méritait d'être élevé son fils.

La courtoisie de leurs échanges, dès lors, ne fut plus que de façade.

Ma grand-mère se retira dans sa forteresse, la salle à manger, son territoire. Là, elle fut secondée par sa suivante (comme dans les tragédies classiques), Clarisse, et consolée par son seul fils, Pierre. Son mari se contenterait désormais de sa bande d'amis, écrivains, éditeurs d'art, bibliophiles, traducteurs, et de son activité médicale et journalistique au *Petit Parisien* où il tenait une rubrique scientifique !

À trente-cinq ans, elle ne se considérait plus comme une jeune femme encore désirable, désirante, aspirant à des rencontres. Elle avait sacrifié au devoir conjugal. La sexualité n'avait-elle été donc pour elle qu'un devoir ? Je n'en sais rien. Elle avait donné naissance à un enfant, son fils chéri, son fils unique. Cela dut lui suffire. Désormais, elle pouvait passer à autre chose.

Mais non, Clarisse n'était pour rien dans cette mésentente du couple !

Clarisse, mes grands-parents en avaient pris la mesure, dès le début. Ils l'avaient, plus exactement, comprise, dans la démesure de ses sentiments. Ils avaient tenté de l'éloigner d'eux, de la marier. Pour son seul bien ou son seul équilibre. Pour son épanouissement. Rien à faire. Ils avaient baissé les bras. Mais elle ne leur faisait pas peur. Qui pouvait avoir peur de Clarisse ?

Clarisse suivante mais aussi confidente de ma grand-mère ? Qui partagea son secret sur la naissance d'Odette ? Ou qui le devina ?

Clarisse, de toute façon, allait garder tout cela pour elle et peut-être parvenir à l'oublier.

Elle ne voulait voir et admirer que le côté ensoleillé ou vertueux des êtres qu'elle aimait, je l'ai dit. Leur part d'ombre, elle la contournait. Et quand elle soulignait auprès de moi la grandeur d'âme de mes grands-parents, leur générosité ou leur indulgence à l'égard de la malheureuse femme de chambre enceinte (que tout le monde semble avoir oubliée assez vite), tout comme les soins qu'ils prirent pour la petite fille née sous leur toit, elle en avait les larmes aux yeux.

Qu'aurait-elle pu me dire d'autre ?

Elle ne voyait désormais rien d'autre.

*

Cette grandeur d'âme que saluait Clarisse, je pense qu'elle la voyait surtout dans l'attitude de ma grand-mère qui ne fit rien pour chasser Odette de son domicile. Après tout, qu'avait-elle de commun avec elle ? N'était-elle pas la preuve ou le rappel de l'infidélité pour ne pas dire de la trahison du docteur Vitoux ? Mais non, elle assuma, auprès de son mari, la charge d'élever l'enfant et peut-être même de l'entourer d'affection.

Parmi les albums de photos qui s'entassent dans un placard du demi-étage supérieur, Nicole se plaît souvent à consulter celui de mes grands-parents. Odette y apparaît sur plusieurs clichés. Une série de trois photos au tirage sépia me frappe. Elles ont été prises sur le balcon, en 1927. Odette a dû revenir quai d'Anjou, l'été, à l'occasion de brèves vacances, depuis l'Afrique du Nord. Elle doit avoir vingt ans, mon père dix-neuf.

Sur une image, elle pose seule. Une autre la montre en compagnie de ma grand-mère, les deux femmes sont debout et fixent avec attention l'objectif, étrangères l'une à l'autre. La troisième m'intéresse davantage. Odette est assise sur l'une des six chaises que mon grand-père avait acquises en même temps qu'une table et un banc, au cours de la vente aux enchères du premier cabaret du *Chat Noir*. Mon père est debout, à sa droite. Il a gardé dans le visage quelque chose encore des rondeurs de l'adolescence, alors qu'elle affiche plus d'assurance, gracieuse et élégante, vêtue d'un long chemisier-tricot aux motifs art-déco sur une jupe plissée plus sombre.

Se ressemblent-ils ?

Je ne saurais le dire. Je ne pourrais le nier.

Un autre album de photos a appartenu spécifiquement à mon père. Comme une chronique de son enfance, de son adolescence, de ses premiers voyages. Je l'avais feuilleté autrefois sans lui prêter d'importance. Nicole l'a consulté il y a peu. Un détail l'a frappée. Aucune image d'Odette n'y figure. C'est bien l'album d'un fils unique – ou qui se voulait tel, ou que ma grand-mère voulait considérer comme tel. Odette n'existe plus. Elle n'y joue aucun rôle.

Cette absence, comment l'interpréter ? Odette n'intéressait pas mon père parce qu'elle ne faisait pas partie de la famille, qu'elle s'était éloignée, et puis c'est tout ? Ou bien parce qu'elle l'*embarrassait* et, de même qu'il allait, à la fin de sa vie, supprimer Clarisse et jusqu'au nom de Clarisse du récit de sa jeunesse parce qu'elle le mettait mal à l'aise dans ses liens avec sa mère, il avait refusé alors, dans son premier album de photos, d'immobiliser Odette, de l'épingler, de lui attribuer un rôle auprès de lui ou un statut qu'il ne pouvait ni ne voulait nommer.

En attendant, cette jeune fille que je n'ai pas connue, je l'aime.

*

La nouvelle nous laissa stupéfaits, quand Odette écrivit à mes parents, au début des années 60, pour nous annoncer son mariage.

Il ne s'agissait en aucun cas pour elle d'une passion tardive.

Entre les lignes de sa longue lettre (où lit-on mieux qu'entre les lignes d'une lettre ?), elle nous faisait partager l'inquiétude qui l'avait gagnée, alors qu'elle s'apprêtait à prendre sa retraite d'enseignante, à vieillir seule. Elle avait rencontré un homme sensiblement plus âgé, veuf, dont les deux grandes filles, mariées et mères de famille, s'étaient installées loin de New York et voyaient d'un bon œil Odette, qu'elles avaient rencontrée et appréciée, prendre soin désormais de leur père.

Le futur mari, un ancien homme d'affaires (mais de quelles affaires au juste ?), était doté d'un excellent caractère, nous disait-elle. Et tout était bien comme ça. Ce mariage était la sagesse même.

Dès qu'elle le pourrait, elle nous le présenterait, elle l'entraînerait pour un premier voyage à Paris – et elle ne nous précisa pas si elle considérerait cela comme un voyage de noces ou un voyage de convenance, afin de présenter le nouvel époux ou le nouveau fiancé à sa future belle-famille.

Quelques mois plus tard, nous fîmes donc la connaissance du mari d'Odette.

Il s'appelait Anthony Virby.

De taille moyenne, bedonnant, le visage rond et souriant sous une épaisse chevelure blanche, il sut d'emblée gagner notre sympathie. Il ne disait pas un mot de français. Son intérêt pour notre pays et l'Europe en général qu'il découvrait pour la première fois nous sembla modéré. Cela avait si peu d'importance. On le sentait bienveillant, chaleureux même, soucieux de nous plaire.

Très vite, il afficha devant nous ses convictions conservatrices et déplora la récente défaite de Nixon contre Kennedy aux élections présidentielles. Tout l'effrayait, tout lui semblait détestable dans le progrès : la musique rock, la dissolution des mœurs et sans doute aussi la présence croissante des Noirs à des postes de responsabilité dans la société… les Noirs à qui bien entendu il ne voulait aucun mal, s'empressait-il d'ajouter pour nous rassurer, sait-on jamais ?

Odette, à ses propos, hochait la tête avec un sourire indulgent, comme une maîtresse d'école devant les inconséquences d'un enfant. Elle nous prenait à témoin, comme pour nous dire en substance : ne l'écoutez pas avec ses marottes, au demeurant, il est le meilleur homme du monde.

À l'évidence, elle le maternait, même s'il était son aîné, il l'attendrissait, en dépit ou à cause de ses idées fixes ou de ses préjugés racistes qu'elle voulait croire d'un autre temps.

À nos yeux (ou à mes yeux d'aujourd'hui, quand je repense à lui), il incarnait l'Américain moyen qui vote Républicain, ne doute de rien et certainement pas de la grandeur de son pays, ce qui justifiait son incuriosité pour le reste du monde, mais qui est toujours disposé à vous rendre service et à trinquer à votre santé. Aurait-il voté pour Donald Trump aux élections de 2016 ? Peut-être. Mais les blagues graveleuses, voire les magouilles financières du candidat, l'auraient mis mal à l'aise. Moins toutefois que l'élection de Barack Obama en 2008. Un Noir à la présidence des États-Unis ! C'était le monde à l'envers. Son univers mental se serait écroulé.

Quelques années plus tard, une seconde fois, Odette et lui revinrent nous voir. Avec toujours chez Anthony la même gentillesse et les mêmes bougonnements contre les temps modernes et l'effacement de ses valeurs. Et chez elle la même affection joyeuse, le même élan envers nous.

Certes, je n'avais jamais oublié cette sombre et lointaine histoire de croque-au-sel. Mais je ne lui en tenais plus rigueur. Et cette joie qu'elle ressentait à retrouver le quai d'Anjou, nous la lui rendions au centuple.

J'aimais aussi l'humour d'Odette, cette rapidité et cette fantaisie avec lesquelles elle nous parlait de sa vie, de son mari, de son caractère. Elle n'hésitait pas à s'exprimer librement devant lui. De toute façon, il ne comprenait toujours pas un traître mot de français. Mais elle n'en aurait jamais profité pour être malveillante ou blessante à son sujet. L'ironie lui suffisait – cette ironie qui ne brûle que les mauvaises herbes, comme disait Jules Renard.

Anthony Virby s'éteignit dans les années 70. Odette l'entoura, jusqu'au dernier moment, avec une affectueuse sollicitude.

Lorsqu'elle se retrouva veuve, elle qui avait été si longtemps célibataire et si brièvement mariée, ses belles-filles, reconnaissantes du dévouement avec lequel elle avait veillé sur leur père, restèrent en contact avec elle, l'accueillirent comme un membre à part entière de leur famille.

Voilà ce qu'elle nous apprit dans l'une de ses dernières lettres, alors qu'elle ne songeait plus à s'envoler pour l'Europe, pour Paris, ni revoir une dernière fois le quai d'Anjou de sa naissance.

Odette mourut à son tour, dans les années 80 ou 90 je crois, peu avant mon père.

Elle s'effaça de ma vie, de notre ciel, pour de bon.

Une comète qui ne reviendrait plus, mais qui laissa dans ma mémoire un sillage lumineux – tant sa présence avait été phosphorescente et joyeuse.

9.

Un océan de silence et d'obscurité

J'ignore où Odette a été enterrée.

Aucune trace ne me reste d'elle, aucun objet ou souvenir palpable, à part ces quelques photos de sa jeunesse et d'autres plus tardives prises avec son mari, quai d'Anjou, au tout début des années 70. Aucune lettre non plus.

Et je ne pense même pas aux traces ADN qui auraient pu attester du lien de consanguinité entre elle et mon père, entre elle et moi. Elles demeureront à jamais enfouies avec sa dépouille dans une sépulture inconnue.

Pour moi, cette preuve reste secondaire. Sinon sous forme de regret. Et d'un regret même déchirant. J'aurais dû mieux exprimer mon attachement, ma tendresse, ma proximité, à cette femme qui voulait me manger à la croque-au-sel et vers qui me poussait, quand je la voyais, un élan d'affection que je m'expliquais mal – ou que je ne songeais pas à m'expliquer. Odette était des nôtres. Elle reste associée à mon père, à leur enfance partagée. Sœur de lait, sœur de cœur ou sœur tout court, quelle différence ? C'est une sœur, dans tous les cas, que mon père, je le soupçonne, n'avait pas su aimer comme elle le méritait, que je n'avais pas assez aimée non plus, sans doute. Et son ombre se découpe aussi désormais, pour moi, près de l'assiette du chat, quand cette assiette était encore l'assiette de Fagonette.

Odette était si lointaine, si absente, là-bas, en Amérique, dans un pays resté longtemps pour moi imaginaire, et puis, dès qu'elle revenait auprès de nous, sur le territoire où elle était née, si présente soudaine. Et nous nous jetions dans ses bras.

Elle était la gaieté même. Et pourtant, c'est elle qui aurait dû se montrer morose, aigrie, blessée par son enfance, envieuse peut-être. Et mon père, lui, se montrer épanoui, protégé, choyé par ses parents, n'ayant eu dans son enfance rien à craindre, ni rien à cacher.

Eh bien non ! Elle qui avait si peu connu sa mère et n'avait été reconnue par aucun père, qui avait été expédiée en pension, qui n'avait pu suivre de longues études, qui s'était expatriée, elle irradiait de vitalité et d'entrain, elle était heureuse d'embrasser mon père, sans arrière-pensées.

Je ne crois pas que sa mère ait eu le temps de lui faire des confidences, avant qu'elle ne s'éclipsât pour de bon. Odette aurait été trop petite pour comprendre quoi que ce soit. Mais sa mère, vraiment, aurait-elle laissé son enfant quai d'Anjou, à la charge de mes grands-parents, si elle n'avait estimé que ceux-ci devaient se sentir responsables de son sort ?

Par la suite, je soupçonne qu'Odette fut trop fine mouche pour ne pas comprendre ou pressentir de quel père elle était la fille, alors que mon père, lui, a toujours été d'une naïveté ou d'une crédulité confondantes, dans la vie comme en politique. Mais encore une fois, ce ne sont là que fragiles déductions.

Je m'émerveille, dans tous les cas, de la confiance comme de la lucidité bienveillante avec lesquelles elle observait le monde et les hommes, sans illusions excessives au demeurant, et de la générosité surtout dont elle fit preuve à notre endroit – et je ne pense pas seulement aux fameux « colis d'Amérique » – alors que mon père, lui, s'était recroquevillé sur ses silences, ses aigreurs, ses épreuves, sa solitude d'enfant unique.

Je revois comment Odette s'avançait vers lui, les bras grands ouverts, un sourire de tendresse et d'émotion illuminant son visage… mais qu'est-ce que je revois au juste sinon un *mouvement* d'émotion, si je puis dire, une silhouette qui se déplace dans la salle à manger, près de la porte-fenêtre de droite qui donnait directement accès au balcon, une ombre mobile quelque part au fond de mon cerveau, tandis que rien ne bouge du côté de mon père vers qui se dirige cette force.

C'est cela.

Mon père, lors de ces rencontres ou de ces retrouvailles, s'est effacé de ma mémoire. Il n'est qu'une présence abstraite, si j'ose dire. Je sais qu'il est avec nous, c'est tout. Aucune lumière ne vient l'éclairer, lui, alors qu'il retrouvait la petite fille de son enfance, la partenaire de sa jeunesse, qui avait connu Fagonette, qui avait versé du lait dans sa soucoupe, sous la surveillance du docteur Vitoux.

Odette si lumineuse, et mon père si sombre.

Odette si ouverte et mon père si fermé, qui enfouissait en lui ses joies, ses chagrins, ses peurs, ses regrets et ses douleurs.

Étaient-ils pour de bon frère et sœur ?

Qu'avaient-ils en partage ?

Et d'abord, que savait au juste mon père ? Que soupçonnait-il ?

Et ma mère ? N'avait-elle jamais songé, elle, de son côté, à ce vraisemblable lien de parenté entre Odette et son mari ?

*

Trop d'interrogations !

Trop de zones d'ombre qui s'épaississent autour de moi !

Je m'interroge, je tente de dissiper les nuées de l'oubli, de me frayer un chemin à travers les écharpes de brumes ou de silences qui m'ont cerné, je rassemble ou assemble des bribes de souvenirs, je me remémore d'incertaines confidences, je procède à de nouvelles déductions, je m'embarque en somme vers un passé impénétrable pour le comprendre, pour me comprendre d'abord. Et tout ce qui semble s'éclairer ne fait que densifier de façon non moins vertigineuse l'obscurité qui cerne ces pauvres territoires d'avant ma naissance que j'observe à la longue-vue, comme un navigateur une île inconnue, au loin, défendue par une infranchissable barrière de corail, et dont il aimerait dresser une carte, même approximative.

En d'autres termes, à peine ai-je distingué une petite lueur que rien, pour autant, ne s'éclaircit autour. Les années perdues, tout juste retrouvées et si pauvrement retrouvées, font surgir autour d'elles de nouvelles énigmes. J'écris pour savoir (pourquoi écrirait-on sans cela ?) et c'est l'ignorance, de nouvelles ignorances qui m'attendent au bout du chemin.

*

L'assiette du chat m'a entraîné, in fine, vers Odette et sa probable filiation avec mon père.

Par voie de conséquence, vers les raisons pour lesquelles mes grands-parents vécurent à l'écart l'un de l'autre, leur fils élevé, choyé, protégé par sa seule mère, professeur de français et d'anglais à Sophie-Germain, et dont la personnalité fut pour lui si forte pour ne pas dire si écrasante.

Est-ce cela qui l'a rendu par la suite taciturne, blessé, anglophobe, que sais-je ?

Est-ce cela qui a favorisé ses engagements, ses égarements, ses réactions contre elle et ce qu'elle avait été ?

Est-ce cela qui l'a rendu amer, incapable de se libérer de ses émotions et de ses rancœurs ?

Est-ce cela qui a marqué ma jeunesse et a contribué, a contrario, à mon caractère ?

La présence d'Odette auprès de lui, dans sa première enfance ? La trahison de mon grand-père et ce qui s'ensuivit ?

En bref, je me demande si cette assiette du chat m'a rapproché de mon père, m'a permis de mieux le comprendre ou de mieux le percevoir dans le climat délétère de son enfance, par-delà ce qu'il a caché de sa vie.

Cette assiette du chat semble flotter désormais devant moi sur un océan de silence et d'obscurité.

Je ne parviens pas à retrouver cette petite fille qui vivait auprès de mon père et que je me représente si joyeuse. Je ne sais rien, je ne saurai jamais rien de la vie de mes grands-parents, de ce qui les avait unis, de ce qui les avait séparés.

Le passé est un trou noir à la formidable puissance d'attraction.

Parfois, des particules s'échappent de ce noyau où tourbillonnent l'effacement et la confusion de toutes choses. On veut les saisir, ces particules, les analyser, se consoler à leur contact. Mais ne risque-t-on pas, à s'en approcher de trop près, de céder à son tour à la force gravitationnelle du passé, ou, si l'on préfère, de l'inconnu, de l'insaisissable qui le compose, jusqu'au moment où l'on sera englouti à son tour, et qu'il ne restera rien ?

Paris, quai d'Anjou, 2021-2022

TABLE

DU MÊME AUTEUR *(suite)*

Paris vu du Louvre (photographies d'Albert Wolf), Adam Biro, 1993

La Comédie de Terracina, Grand Prix du Roman de l'Académie-française, Seuil, 1994 et « Points » n° P209

Deux Femmes, Seuil, 1997 et « Points » n° P512

Esther et le Diplomate, Seuil, 1998 et « Points » n° P714

L'Ami de mon père, Seuil, 2000 et « Points » n° P956

Des dahlias rouge et mauve, Seuil, 2003 et « Points » n° 1164

Discours de réception à l'Académie française et réponse de Michel Déon, Seuil, 2004

Villa Sémiramis, Seuil, 2004

Le Roman de Figaro, Fayard, 2005

Un film avec elle, Fayard, 2006 et « Le Livre de Poche » n° 31011

Les Chats du Louvre avec Elisabeth Foucart-Walter, Flammarion, 2007

Clarisse, Fayard, 2008 et « Le Livre de Poche » n° 31220

Dictionnaire amoureux des chats, Pion-Fayard, 2008

Céline, l'homme en colère, Écriture, 2009

Grand Hôtel Nelson, Fayard, 2010 et « Le Livre de Poche », n° 32408

Jours inquiets dans l'Île Saint-Louis, Fayard, 2012 et « Le Livre de Poche » n° 33186

Voir Manet, Fayard, 2013

Dictionnaire amoureux des chats, illustré, Flammarion, 2013

Les Désengagés, Fayard, 2015

Au rendez-vous des mariniers, Fayard, 2016 et « Le Livre de Poche » n° 35206

L'Express de Bénarès, Fayard, 2018

Longtemps, j'ai donné raison à Ginger Rogers, prix Audiberti de la ville d'Antibes, Grasset, 2020

L'Ours et le Philosophe, Grasset, 2021

Cet ouvrage a été achevé d'imprimer par
Rodesa
pour le compte des éditions Grasset
en février 2023.

Mise en pages
PCA 44400 Rezé

N° d'édition : 22729
Dépôt légal : mars 2023
Imprimé en Espagne